楚辞 泽畔的悲歌

吕正惠 编著

图书在版编目（CIP）数据

楚辞：泽畔的悲歌 / 吕正惠编著. — 南京：江苏凤凰文艺出版社, 2024.5
ISBN 978-7-5594-8605-9

Ⅰ.①楚… Ⅱ.①吕… Ⅲ.①楚辞研究 Ⅳ.①I207.222

中国国家版本馆CIP数据核字(2024)第081404号

著作权合同登记号：10-2023-166

版权所有 © 时报文化出版公司
本书版权经由时报文化出版公司授权北京时代华语国际传媒股份有限公司简体中文版，委托英商安德鲁纳伯格联合国际有限公司代理授权。非经书面同意，不得以任何形式任意重制、转载。

楚辞：泽畔的悲歌

吕正惠　编著

责任编辑	项雷达
图书策划	宁炳辉　刘　平
特约编辑	丁　旭
装帧设计	棱角视觉
出版发行	江苏凤凰文艺出版社
	南京市中央路165号，邮编：210009
网　　址	http://www.jswenyi.com
印　　刷	北京中科印刷有限公司
开　　本	880毫米×1230毫米　1/32
印　　张	8
字　　数	186千字
版　　次	2024年5月第1版
印　　次	2024年5月第1次印刷
书　　号	ISBN 978-7-5594-8605-9
定　　价	56.00元

江苏凤凰文艺版图书凡印刷、装订错误，可向出版社调换，联系电话025-83280257

总序
用经典滋养灵魂

龚鹏程

每个民族都有它自己的经典。经,指其所载之内容足以作为后世的纲维;典,谓其可为典范。因此它常被视为一切知识、价值观、世界观的依据或来源。早期只典守在神巫和大僚手上,后来则成为该民族累世传习、讽诵不辍的基本典籍,或称核心典籍,甚至是"圣书"。

中国文化总体上的经典是六经:《诗》《书》《礼》《乐》《易》《春秋》。依此而发展出来的各个学门或学派,另有其专业上的经典,如墨家有其《墨经》。老子后学也将其书视为经,战国时便开始有人替它作传、作解。兵家则有其《武经七书》。算家亦有《周髀算经》等所谓《算经十书》。流衍所及,竟至喝酒有《酒经》,饮茶有《茶经》,下棋有《弈经》,相鹤相马相牛亦皆有经。此类支流稗末,固然不能与六经相比肩,但它们代表了在各自那一个领域中的核心知识地位,是很显然的。

我国历代教育和社会文化,就是以六经为基础来发展的。直到清末废科举、立学堂以后才产生剧变。但当时新设的学堂虽仿洋制,却仍保留了读经课程,以示根本未隳。辛亥革命后,蔡元培担任教育总长才开始废除读经。接着,他主持北京大学时出现的新文化运动更进一步发起对传统文化的攻击。趋势竟由废弃文言,提倡白话文学,一直走到深入的反传统中去。

台湾的教育发展和社会文化意识,其实也一直以延续五四精神自居,故其反传统气氛及其体现于教育结构中者,与大陆不过程度略异而已,仅是社会中还遗存着若干传统社会的礼俗及观念罢了。后来,台湾才惕然警醒,开始提倡"文化复兴运动",在学校课程中增加了经典的内容。但不叫读经,乃是摘选"四书"为《中国文化基本教材》,以为补充。另成立"文化复兴委员会",开始做经典的白话注释,向社会推广。

文化复兴运动之功过,诚乎难言,此处也不必细说,总之是虽调整了西化的方向及反传统的势能,但对社会民众的文化意识,还没能起到普遍警醒的作用;了解传统、阅读经典,也还没成为风气或行动。

20世纪70年代后期,高信疆、柯元馨夫妇接掌了当时台湾第一大报《中国时报》的副刊与出版社编务,针对这个现象,遂策划了《中国历代经典宝库》这一大套书。精选影响人们最为深远的典籍,包括了六经及诸子、文艺各领域的经典,遍邀名家为之疏解,并附录原文以供参照,一时社会震动,风气丕变。

其所以震动社会,原因一是典籍选得精切。不蔓不枝,能体现传统文化的基本匡廓。二是体例确实。经典篇幅广狭不一、深浅悬隔,如《资治通鉴》那么庞大,《尚书》那么深奥,它们跟小说戏曲是截然不同的。如何在一套书里,用类似的体例来处理,很可以看出编辑人的功力。三是作者群涵盖了几乎全台湾的学术精英,群策群力,全面动员。这也是过去所没有的。四是编审严格。大部丛书,作者庞杂,集稿统稿就十分重要,否则便会出现良莠不齐之现象。这套书虽广征名家撰作,但在审定正讹、统一文字风格方面，确乎花了极大气力。再加上撰稿人都把这套书当成是写给自己子弟看的传家宝，写得特别矜慎，成绩当然非其他的书所能比。五是当时高信疆夫妇利用报社传播之便，将出版与报纸媒体做了最好、最彻底的结合，使得这套书成了家喻户晓、众所翘盼的文化甘霖，人人都想一沾法雨。六是当时出版采用豪华的小牛皮烫金装帧，精美大方，辅以雕花木柜。虽所费不赀，却是经济刚刚腾飞时一个中产家庭最好的文化陈设，书香家庭的想象，由此开始落实。许多家庭乃因买进这套书，仿佛种下了诗礼传家的根。

高先生综理编务，辅佐实际的是周安托兄。两君都是诗人，且侠情肝胆照人。中华文化复起、国魂再振、民气方舒，则是他们的理想，因此编这套书，似乎就是一场织梦之旅，号称传承经典，实则意拟宏开未来。

我很幸运，也曾参与到这一场歌唱青春的行列中，去贡献微末。先是与林明峪共同参与黄庆萱老师改写《西游记》的工作，继而再协助安托统稿，推敲是非，斟酌文辞。对整套书说不上有什么助益，自己倒是收获良多。

书成之后，好评如潮，数十年来一再改版翻印，直到现在。经典常读常新，当时对经典的现代解读目前也仍未过时，依旧在散光发热，滋养民族新一代的灵魂。只不过光阴毕竟可畏，安托与信疆俱已逝去，来不及看到他们播下的种子继续发芽生长了。

当年参与这套书的人很多，我仅是其中一员小将。聊述战场，回思天宝，所见不过如此，其实说不清楚它的实况。但这个小侧写，或许有助于今日阅读这套书的读者理解该书的价值与出版经纬，是为序。

致读者书

吕正惠

亲爱的朋友：

　　在各位开始阅读本书之前，我想对本书的内容、本书的写法与读法做一个简单的说明。本书所要介绍的是《楚辞》。这本书我想大家都听说过，它是我国重要的经典之一。我们可以这么说，假如我们要从中国千千万万的书籍中挑选二十本，以此二十本来代表中国文化的精华，来作为中国文化的宝藏，那么，不管谁来挑选，《楚辞》这本书一定会被选进去。假如我们再从二十本减少到十本，只选中国最了不起的十本著作，那么，一百个人之中恐怕有一半以上会把《楚辞》包含在他所选的名单里面。《楚辞》这本书的重要性，从这里就可以看得出来。

　　我们还可以从另一个角度来看《楚辞》在中国文化上的特殊地位。我们会知道《楚辞》这本书，最主要的是因为屈原这个人。屈原的作品全部收集在《楚辞》里面，而整本《楚辞》也以屈原的作品为中心。我们都知道，屈原是中国最著名的诗人之一，凡是读过书的中国人，很少有不认得这个名字。我们可以说，任何人来选中国的五大诗人，都绝不会把屈原遗漏掉。而且，我们可以肯定地说，有一半以上的人会把屈原列在前三名之中。由于屈原在中国诗人里的特殊地位，我们也可以明白《楚辞》这本书的重要性。

以前的人，差不多都认为《楚辞》里最重要的是屈原的作品，所以《楚辞》与屈原几乎是二而一、一而二的关系。然而，到了现代，一般人的看法已经稍微有点改变。他们认为，其中有些作品，与其说是表现屈原这个人的人格，倒不如说是楚国这个国家特殊的文化与精神。楚国是战国七雄之一，是诗人屈原的祖国。在中国文化的成长过程中，楚国贡献了特殊的文化色彩，为中国文化注入了一股特异的气息。《楚辞》里的某些作品，正是这种特殊色彩与特异气息的表现。我们甚至可以说，包括屈原这个伟大的诗人都是楚国文化的产物，没有楚国文化，就不可能有屈原这个人。而实际上，屈原的作品也正是从楚国的文化土壤中生长出来的。

总而言之，《楚辞》这本书包含了两方面主要的内容。首先，它表现了中国文化一大支流——楚国文化的精神；其次，它包含了楚国文化最了不起的产物之一——诗人屈原的作品。这正是本书的两大重点。本书分成上下两篇，即分别介绍楚国文化和诗人屈原。

现在，要说到本书的写法。我们都知道，《楚辞》这本书所包含的都是诗歌。诗歌是无法翻译的，经过翻译的诗可以说已经不能算诗了。所以，我们不能像对待这套"中国历代经典宝库图书"中的其他书籍那样，只把原书译成白话。既然是诗，当然也无法像对待另外一部分书籍一样，改写成生动的故事。那么，我们是不是可以如唐诗宋词一般，采取先注释、后赏析的方式呢？这恐怕也行不通。因为《楚辞》的文字比较难懂，不像唐诗宋词那样，常常一看就可明白大半。《楚辞》里的作品，篇幅都比较长，最长的像《离骚》，将近两千五百字，最短的，也比一般诗词要长。文字难、篇幅长，这是一般人对《楚辞》望而却步、不敢轻易去读的最主要原因。为了解决这个难题，本书采取这样的写作方式：每一行一句原文，原文之后是本句的翻译，原文之下是本句中字词的注释。这样，读者一眼就能够把握每一句的意义。不会像其他古书批注，先是一整篇的原文，再是所有的注释，然后才是翻译，这样会增加阅读《楚辞》的困难。

另外，有一小部分，原文的文学价值并不算很高，重要的只是内容。这时，我们就直接翻译成白话，不附原文，当然也就没有注释。

不论是原文、注释加翻译的部分，还是只有白话翻译的部分，在适当的时机，都会有一些整体性的解析说明。这些解析，有的长，有的短。长的并不啰唆，短的有的则极短，视情形而定，最主要是要让读者了解原作品的意义与精神，譬如说，《九歌》的每一篇原文都比其他篇章短，但解析最长，这是因为《九歌》全篇的结构与意义最不容易掌握。而《离骚》虽然很长，但经过分段分节以后只要稍做解析，就能够了解其大意。

知道了本书的写法，读者可以依照自己的喜好选择自己最喜欢的读法。不过，我想在这里建议，如果你还是觉得原文太难，那么，刚开始你可以只读翻译。反正翻译都排在原文后面，你只要读译文就可以了。本书在翻译时，已设想到使翻译可以独立出来，所以只读翻译时，你还是能够掌握到全篇的大意。读的时候，假如碰到不懂的专有名词或比较特殊的词（这是无法翻译的），你可以参考下面的注释。注释里，有些是对一整句、两句或四句的大意的说明，也可以参考。假如读过了白话翻译，你就不想读了，那也没有什么关系。不过，最好能再读原文，只有读原文，你才能体会《楚辞》全书的精髓，这是再好的翻译也译不出来的。假如你要读原文，那么，你可以先读《九歌》。因为《九歌》篇幅最短，文字上的困难比较容易克服，而且每篇之后的解析比较详细，对你可能有所帮助。读完《九歌》，再读屈原的其他作品。这时你可以先读一些短篇，如《哀郢》《涉江》《怀沙》，然后再读《离骚》。《离骚》原文我们分成三大节，每大节又分成若干小节，你可以每次读一两小节。先读完一大节，然后再把整大节从头到尾读一遍。这样分别读完三大节，再把整篇《离骚》从头到尾读一遍。最后，我们可以说，假如你能把《九歌》和《离骚》这两部分反复地读熟（实际上这并不难），那么你就已经掌握到这本中国文化的经典——《楚辞》的精华了。

最后，我们来添个蛇足。

魏晋时期的人曾经说过：

"熟读《离骚》，痛饮酒，便可以为真名士。"

这样看来，要做个名士似乎再简单也没有了。然而，清代词人纳兰容若也说过：

"读《离骚》，愁似湘江日夜潮。"

似乎读《离骚》又要具备另一种胸怀。其实，这看似不太相同的两句话，却包含了同样的精神。传统的中国文人、士大夫很多都非常喜欢《离骚》、喜欢屈原的作品、喜欢《楚辞》，他们都能体会这两句话所表现的精神。为了说明这种精神，我们可以引缪天

华先生的一段话来让大家看一看:

"独自静坐,常会觉得空虚寂寥。虽则古人说:'著书心苦',但是穷愁坎坷或者愤世不平的人,往往也会著书,想借此减少无聊苦闷。理学家朱熹,晚年罢了官,他所推崇的道学被斥为伪学,因而有所感慨而注《离骚》;戴震因为家里没米,一天只吃两顿面,关起门来写成一部《屈原赋注》;蒋骥困于疾病,舒忧娱哀的办法,就靠写《山带阁注楚辞》;陈本礼老年闲居,常常黎明即起,啜苦茗数碗,姜一片,写他的《楚辞精义》。我对这几位学者,真是心向往之,所以空闲枯寂的时候,也就翻检以前所搜集的资料,深思探索,继续写我的《楚辞浅释》。"(《九歌浅释》后记)

读完这段话,你有什么感想呢?你可能会想起屈原在《离骚》最末尾这样说:

"已矣哉!国无人,莫我知兮。"

(算了吧!国无人,都不了解我啊。)

这恐怕是传统士大夫凡喜欢《楚辞》的无不击节感叹的句子。简单地说一句,《离骚》与《楚辞》是中国古代失意的士大夫的"宝典",这是《楚辞》之所以流传极广、历久而不衰的"秘密"。假如,你读了楚辞以后也"非常地"喜欢,那么,你就掌握了这本书的基本精神,只是,那算幸或不幸就很难说了。

目录

上篇　神话的世界

一、南方的国度——楚国 /002

二、诸神降临——《九歌》/006

　　东皇太一 /010

　　云中君 /015

　　湘君 /019

　　湘夫人 /028

　　大司命 /037

　　少司命 /044

　　东君 /052

　　河伯 /058

　　山鬼 /062

　　国殇 /071

　　礼魂 /075

三、魂兮归来——《招魂》/077

四、我问苍天——《天问》/092

目录

下篇　泽畔的悲歌

五、屈原这个人和他的作品 /110
屈原这个人 /110
屈原的作品 /114

六、心灵的自传——《离骚》/117
虽九死其犹未悔 /120
哀高丘之无女 /141
忽临睨夫旧乡 /162

七、放逐者的悲歌——《九章》/180
哀郢 /181
涉江 /192
怀沙 /201

八、不朽的形象——《卜居》《渔父》/213
卜居 /215
渔父 /220

九、宋玉悲秋——《九辩》/225

综论:《楚辞》这本书 /233

上篇　神话的世界

一、南方的国度——楚国

公元前221年，秦始皇终于把六国全都灭掉，统一天下，结束了将近两百年的战国七雄争霸的局面。然而，被灭亡的六国人民，表面上虽然无力反抗，内心里似乎并不完全屈服。尤其当秦朝的暴政一天比一天难以忍受的时候，六国百姓的反抗意识也一天天地增强。而在六国之中，南方的楚国尤其痛恨秦国。自从楚国灭亡，不知从什么时候开始，楚国人慢慢地流传起一句话来。这句话说："楚虽三户，亡秦必楚。"意思是：楚国即使只剩下三户人家，灭亡秦国的必定是楚国人。这话说得斩钉截铁，很有楚、秦两国不共戴天的样子，可见楚人对秦国的痛恨了。

然而，楚人并不是光凭着流传这一句话来发泄他们心中的愤怒，楚国人还有勇气把他们的愤怒诉之于行动。果然，在秦国统一天下十三年之后，陈胜、吴广就在楚地揭竿起义，反抗秦国的暴政了。陈胜一起义，楚国人立刻纷纷响应。陈胜后来虽然败死，但在灭秦的过程中，楚人出力最多，是楚人项羽率领楚国的军队打败了秦国的主力军，使秦国再也无力镇压各地起义的人；是楚国人刘邦率领楚国的军队攻进秦国的根据地关中，灭掉了秦国，使这个暴虐的国家永远在世界上消失。"楚虽三户，亡秦必楚"，楚国人终于把愤怒化成力量，把力量付之于行动，实现了他们"亡秦"的预言。

这样的楚国是怎样的一个国家？这样的楚国，不仅具有坚强的战斗力，在春秋战国时期，中国文化最有创造力的时期，对中国文化也有非常了不起的贡献。譬如说，楚国产生了老子这样一个人，写下了薄薄的只有五千言的一本小书，然而却是中国最有智慧的人之一。他对中国人的影响足可以和中国另一个最有智慧的人——孔子相比，也毫不逊色。还有，楚国还产生了屈原这样一个诗人，写下了千古不朽的诗篇《离骚》，成为中国最伟大的诗人之一，也成为中国人所向往钦慕的理想人格。

然而，这样的一个国家，据说最早在建国的时候，文化非常落后，属于"蛮夷"之类的国家。这一个国家到底在何时建立起来，这个国家的人民到底是怎么样的人民，我们已经弄不清楚了。我们所知道的只是，当黄河流域（主要包含现在陕西、山西、河南、山东各省）的中原文化（中国文化的主流）已经非常发达的时候，南方几乎还是蛮荒之地。然而，就在西周的中晚期，南方好像已经开始出现一个强大的国家或民族，当时的人或者称之为"荆"，或者称之为"楚"。当时的情形，我们也不太清楚。然而，就在西周祚衰，春秋时期揭开序幕之后，一个强大的楚国实实在在出现在了历史舞台之上。这样的一个楚国，在春秋战国整个中国历史上最动荡的时代，自始至终扮演着重要角色。

这个楚国，它建国的根据地是现在的湖北省西部，然后再往东方和北方发展。在春秋初期，它已经扩展到河南省的南部了。因为楚国的势力发展得太快，终于引起中原国家的恐慌，因而产生了齐桓公的攘夷运动。齐桓公称霸的两大口号是"尊王""攘夷"。"尊王"是指尊重周天子的地位，而"攘夷"所针对的主要就是"南蛮"楚国。就是因为中原国家害怕楚国的蛮夷文化威胁到中原文化的生存，齐桓公才适时地喊出"攘夷"的口号。齐桓公虽然不曾真正打败过楚国，到底还是稍微阻扼了楚国继续往北方的发展。

然而，齐桓公去世以后，楚国北进之路又没有了阻碍，眼看着楚国就要一步步地进逼中原了。这时，又出现了晋文公。晋文公结结实实地在城濮这地方打败楚国的军队，再度阻扼了楚国的北进之路。从此以后，整个春秋时期，就是代表中原文化的晋国和"南蛮"的楚国对抗的局面了。

到了战国时期，大大小小的诸侯国相互吞并，只剩下最强大的七国，形成所谓的七雄并立的局面。在整个战国时期，楚国的国势始终保持在前几名。可以说，战国时期越到后来，越成为秦、齐、楚三国鼎立的形势。可惜楚国因为最后几任君主的昏庸无能，最终被秦国灭亡了。对于楚国没落的过程，我们在本书下半部叙述屈原的生平时，会有更详细的说明。

就文化而言，我们已经说过，楚国原是个"蛮夷"国家，文化远落在中原地区之后。但楚国往北方发展，接近中原文化的机会日渐增加，终于慢慢地接受中原文化的影响，逐渐地"文明"起来。我们可以说，差不多在春秋末期、战国初期的时候，楚国人已经把中原文化和他们本来就有的"南蛮文化"融合起来，创造出了一种特殊的文化。所以，我们可以看到，在战国时期诸子百家争鸣，也是思想界最有生气的时候，楚国的思想家就跟中原地区的大为不同。譬如，在鲁国一带，中原正统文化的继承者是孔子、孟子一派的儒家，而在南方，深受楚国特殊文化气息影响的却是老子、庄子一派的道家。

上篇　神话的世界

　　大致说来，现代人认为楚国的文化所以大不同于中原地区，主要是受了特殊的地理环境的影响。楚国所处的南方在长江流域。长江流域有山有水，风景多变化，如同五彩的图画。而中原地区主要是黄河流域。黄河流域，要么是黄土平原，要么就是黄土高原，景色变化不大。当然可以想象这两个地区所产生的文化要有巨大的差异了。

　　我们要了解春秋战国时期楚国特殊的文化，可以从很多方面去着手。然而，最便捷的方式恐怕就是去读《楚辞》。《楚辞》里有一些篇章，如《九歌》《天问》《招魂》《大招》，讲的都是楚国特殊的宗群、民俗、神话与传说。从这些方面来了解，最能探测到楚文化的特质。譬如《九歌》就是楚国人一连串的祭神歌。然而，我们稍加阅读就会发现，楚国人的祭神方式和我们现在所了解的是多么不同啊！从他们的祭神歌里，我们会发现，楚国人是多么浪漫，又多么富有想象力啊！如果你也读了这套"中国历代经典宝库图书"的《诗经》，那么，你又可以比较《诗经》里的作品和《九歌》的不同。《诗经》是正统中原文化的代表，那是朴实中有生命、朴实中有色彩的，而《九歌》却是放弃朴实，完完全全地展现生命力与色彩感。比较这两种诗歌，我们即可以体会到楚文化特殊的本质。本书的上半部"神话的世界"所选择的篇章，就是着重表现楚文化独特的一面，这是我们要关注的重点。

二、诸神降临——《九歌》

楚国特殊的风俗习惯和楚人丰富的想象力,在他们的宗群祭典里表现得最为明显。关于这方面的事情,《楚辞》里的《九歌》有着最完整的记载。《九歌》是一组祭神歌,共有十一首,每一首祭祀一种神,最后一首则是整套祭典的尾声。关于每一种神的性质,下面各篇里会有比较详细的说明,这里只简单根据《九歌》的顺序,把他们的名字列在下面:

东皇太一(可能是楚国人的上帝)

云中君(云神)

湘君(湘水之神)

湘夫人(湘水女神)

大司命

少司命

(以上是两种命运之神)

东君(日神、太阳神)

河伯(黄河河神)

山鬼(山中精灵,女性)

国殇(为国牺牲的战士之魂)

礼魂(尾声)

十种神里面，有八种是男神，有两位女神。严格地说，后面两种（山鬼、国殇）还不能算是神，只能说是精灵或鬼。从种类上来说，上帝和两个命运之神是属于比较抽象的概念中的神，关于自然现象的有日神和云神。水神有三位：两个湘水之神、一个黄河河神。另外就是较特殊的两种：山鬼和国殇。水神有三个之多，可见这是农业社会的民族，因为江河的灌溉直接关系到他们的生活，对于主管江河的水神，当然要特别尊敬。

既然是祭祀十种神，共有十一首歌，为什么叫"九歌"呢？这"九"应该如何解释？关于这一点，正好可用八字成语来形容，那就是"众说纷纭，莫衷一是"。有人说，《湘君》《湘夫人》互有关系算一篇，《大司命》《少司命》也算一篇，刚好九篇，所以是《九歌》；又有人说，《山鬼》《国殇》《礼魂》三篇较特殊，应算一篇，所以刚好九篇；也有人说，《东皇》是迎神曲，《礼魂》是送神曲，中间祭祀九种神，正合"九歌"之名。但另有人说，"九"是虚数，比如"九死一生"的"九"只是形容次数之多；"九歌"也只是说，祭祀多种神灵之歌。看起来，可能最后这个说法比较有道理。

根据这十一篇楚辞，我们能推测出两千多年前楚国人祭神时的实际情形吗？古人已经死了那么久，我们当然无法像他们一样知道最详细的情况，但有几点特色，大概是可以想象得到的。第一，楚国人拜神并不像我们现在拈拈香，拜几拜，叩几个头，说几句求神保佑的话就算数了，也不是舞舞狮，放放鞭炮就可以了。楚国的祭神场面相当浩大，至少也是相当生动的。他们有一种人，叫作"巫"，有男也有女，专门负责祭神的事情。祭神时，有的巫扮作主祭人，有的巫扮作神，主祭人自己一人或率领其他男巫女巫唱歌跳舞，祈求神的降临。而神则有时降临，有时根本不降临。因此，我们可以想象，祭神的场面简直就像歌舞剧的场面，巫的祈求、神的降临与彼此之间的对话，已经像是在演戏了。我们只要这样想，楚国人的祭典，就像最简单的歌舞剧，不过参与祭祀的人，并不是看戏，而是以最虔敬的心情向诸神祈福，那大概就相当接近他们祭神时的实况了。至少是，"虽不中，亦不远矣"。

但是，令我们现代人惊讶的是，那种祭神的歌舞剧简直就像男女之间的恋爱剧一般。譬如，湘君是男神，主祭人是女巫。那女巫扮演得极美，祈求湘君的降临，口气就像祈求情人来约会一般。又譬如湘夫人是女神，而那主祭的男巫，也像在恭候女朋友的到来，她不来就失魂落魄似的。一般学者把这叫作"人神恋爱"。所以，有几首像《湘君》《湘夫人》《山鬼》，完全是情歌的样子。其他或多或少也有这种色彩，例外的非常少（如《国殇》）。

根据现代人类学家的研究，这种情形并不奇怪，在较早的时候，人类的各民族都有这种现象。譬如很早很早以前，日本有这样一首巫歌：

设若您是一位神明，
翱翔九天，
恳启宠临罢，
难道神们竟然耻笑，
您来到凡间。

这跟我们的《九歌》完全是同一种情调，是情人在怨对方不肯来，而不是人在祭神。甚至，有的祭典，简直就像最原始的结婚典礼，当场竟有男欢女爱的表现。根据人类学家的研究，产生这种现象的原因是在农业发展的初期，人类知识还相当原始，碰到土地不肥沃，不能丰收，或者作物生长不顺利，碰上旱灾等等，他们无法解决困难。于是他们想，植物的生长和人类的生殖本是一回事，植物生长不顺利，可以拿人类生殖行为的表现来加以促进。他们以为这样的表演有一种魔法似的力量，可以促使植物生长，这就产生了最原始的祭神场面。后来，人类越来越文明，觉得这样的祭典未免野蛮，于是实质的结婚形式变成象征性质，象征性质又变成更高水平的求爱性质，而这就是《九歌》中的人神恋爱了。这是现代人用人类学的观念对《九歌》中奇特祭典的解释。

其次，《九歌》的祭典还有一个特殊的现象，那就是，在祭品与摆设之中，植物占了最重要的位置。譬如，《东皇太一》里的祭肉是用蕙草包着，用兰草垫着；《湘君》里的船，是用薜荔作船舱，蕙草作帷帐，荪草装饰船桨，而兰草则作旌旗；《山鬼》里，山鬼穿的竟就是薜荔、女罗、石兰与杜衡。最特别的是，《湘夫人》里，男巫准备建造用来接待湘夫人的水中之屋，竟用了十一种的草木。还有，《九歌》中的人，凡是想念别人都手拿桂枝或杜若，送人也送这些。而在祭典尾声，女巫拿着跳舞的是芭草（有人说就是芭蕉）。可以说，从祭典的祭品、摆设到神与巫的服饰，无一不跟草木有关。这就是一般人所谓的《楚辞》里的"香草"。这个现象该如何解释呢？当然，中国南方，水乡泽国，香草遍地，这是可以理解的。但这些香草究竟为什么在宗群祭典中占据这么重要的地位，就有些难猜了。是不是香草在先民的心目中，也有一些魔法般的作用呢？这就有待人类学家替我们解答了。不过，香草在屈原的作品里也占了极重要的位置。这问题，我们在《离骚》绪论里会加以说明。

提到屈原，最后就该谈谈《九歌》作者的问题了。较早的学者多认为，《九歌》是屈原借用楚国祭歌的形式来表达他忠君爱国的情操（这跟香草美人问题都有关系，请参考《离骚》的绪论）。但后来的人觉得这种说法不太妥当，于是加以修正：《九歌》是屈原根据祭歌修改而成，跟忠君爱国倒未必扯得上关系。但越到近代越有人相信，《九歌》也未必是屈原作的或修改的。《九歌》原是楚国的祭神歌，而现存的作品已经过文人的修改应该是不成问题的，但修改的人未必是屈原罢了。总之，我们现在读《九歌》，不必再跟屈原的忠君问题扯上关系。除了从文学的观点来欣赏，最主要的是可以借此了解两千多年前战国末期楚国人特殊的风俗与宗群形态。

东皇太一

吉日兮辰良，（吉祥的日子，美好的时辰，）

    辰良：即良辰。

穆将愉兮上皇。（我们肃穆地宴享东皇太一。）

    穆：肃穆。

    愉：动词，宴享、祭祀的意思。

    上皇：指东皇太一。

抚长剑兮玉珥,(手握着长剑的剑柄,)

　　抚:持,握。

　　珥(ěr):剑柄。珥上镶着玉,所以说"玉珥"。

璆锵鸣兮琳琅。(身上的佩玉铿铿锵锵地响。)

　　璆锵(qiú qiāng):玉声。

　　琳、琅(lín láng):都是美玉。

瑶席兮玉瑱,(神座上摆着瑶席,压着玉镇,)

　　瑶席:瑶,玉之一种。瑶席,以瑶玉装饰的席子,放在神座上垫放东西。

　　玉瑱:瑱,同镇。玉瑱,以玉作镇,压住席子。

盍将把兮琼芳。(又放上一把如琼玉般美的芬芳的花草。)

　　盍将把:盍,合,聚集。盍将把,是说,聚集了成把的东西。

　　琼芳:琼,玉之一种。芳,指花草。琼芳,是说如琼玉般美的芬芳的花草。

蕙肴蒸兮兰藉,(献上蕙草包着的祭肉,下面垫着兰草,)

　　蕙肴(yáo):肴,烹熟的肉。蕙肴,用蕙草裹着肴。

　　蒸:进,把东西放上神座。

　　兰藉:用兰草垫着。

奠桂酒兮椒浆。(再奠上桂酒和椒浆。)

　　桂酒:用桂泡渍的酒。

　　椒浆:浆,也是酒的意思。椒浆,用香椒泡渍的酒。

楚辞：泽畔的悲歌

扬枹兮拊鼓，（举起槌子来敲着鼓，）

  扬枹（fú）：扬，举起。扬枹，举起鼓槌。

  拊（fǔ）：击打。

疏缓节兮安歌，（唱着缓慢的清歌，）

  疏缓节：使节奏缓慢下来。

  安歌：平稳地、慢慢地唱。

陈竽瑟兮浩倡。（吹着竽，弹着瑟，大家又齐声高唱。）

  陈竽（yú）瑟：陈，陈列。竽、瑟，都是乐器。

  浩倡：倡，同唱。浩倡，大声歌唱。

灵偃蹇兮姣服，（众神巫穿着漂亮的衣服婆娑起舞，）

  灵：指祭神的巫。

  偃蹇（yǎn jiǎn）：舞动貌。

  姣服：美服。

芳菲菲兮满堂。（满堂弥漫着芬芳的香气。）

  芳菲菲：芳香弥漫。

五音纷兮繁会，（急管繁弦热闹地合奏，）

  繁会：各种声音齐响。

君欣欣兮乐康。（神啊无限欣喜，快乐又安康。）

  君，指东皇太一。

上篇　神话的世界

【解析】

《九歌》所祭祀的第一位神是东皇太一。这东皇太一是什么神呢？大家并不太清楚。古书里面很少提到这个神，只知道从汉武帝开始，才隆重地祭祀这位神明。因此有人推测，这个东皇太一原只是楚国一地所崇奉的神，到了汉代才流传到各地，最后竟为皇帝所特别重视，而成为全国性的神灵。又有人说，这个东皇太一是楚国人心目中地位最高的神，也就是楚国人的天帝。这看法有相当的道理，因为毕竟这是《九歌》所祭祀的第一个神，其地位应该特别重要。从歌辞中也可以推测出来，东皇太一和《九歌》中的其他诸神似乎不太一样。我们先简单分析这首歌的内容，再对这一点加以说明。

《东皇太一》的第一段是祭礼简单而隆重的开始：

吉祥的日子，美好的时辰，我们肃穆地宴享上皇。手握着长剑的剑柄，身上的佩玉铿铿锵锵地响。

后一句写祭祀的人带着剑，佩着玉，尤其从带剑一点可以想见祭礼的庄严。第二段写祭坛上的摆设：

神座上摆着瑶席，压着玉镇，又放上一把如琼玉般美的芬芳的花草。献上蕙草包着的祭肉，下面垫着兰草，再奠上桂酒和椒浆。

共计有：瑶席、玉镇、琼芳（琼玉般的花草）、蕙肴（蕙草包着的祭肉）、兰草（垫着蕙肴）、桂酒和椒浆。我们如果仔细地留意《九歌》中的祭品与摆设，不但可以知道古代的祭礼，最重要的是还可以了解楚国特殊的风俗习惯。关于这一点，我们在《九歌》绪论中已特别说明过了。

第三段正式描写祭祀中的歌舞场面：

举起槌子来敲着鼓,唱着缓慢的清歌;吹着竽,弹着瑟,大家又齐声高唱。

写歌舞,正如前一段写祭品和摆设,都相当简单,一点也不夸张,笔调也很矜持。一直要到最后一段,我们才看到比较热闹的气氛:

神巫穿着漂亮的衣服婆娑起舞,满堂弥漫着芬芳的香气。急管繁弦热闹地合奏,神啊无限欣喜,快乐又安康。

这是祭礼的最高潮,也是祭礼的结束。我们如果把开头的第一段拿来加以对照,即可体会到"芳菲菲兮满堂""君欣欣兮乐康",确实表现了欣喜而激昂的情绪。从音乐上来想象,祭祀东皇太一时,开始是庄严的调子,然后慢慢地热烈起来,最后是五音齐响,满堂都看着神巫穿着美服在婆娑起舞。从舞蹈上来看,刚开始可能是大家佩着剑,手握剑柄,慢慢地舞动着,身上的佩玉也跟着叮叮当当响。到了最后,则是神巫一个人在那边独舞。

然而,如果我们拿《九歌》的其他各首来比较,即可发现,东皇太一自始至终都是相当肃穆的。譬如,我们看不到其他各首中常见的人对神热烈的追求,也看不到神离开之后(或者神根本没有降临)那种怅惘的情绪。还有,我们也看不到对神灵的直接描写(只有"君欣欣兮乐康"一句,但这根本不是描写)。因此,有很多人认为这是一首"迎神曲",也就是说,这是开始祭祀诸神之前的一段"前奏"。但是,最好的解释应该是,因为东皇太一和其他诸神不一样,所以祭祀的气氛也大有差别。因为东皇太一特别崇高,特别庄严,所以甚至对他直接的描写都尽量避免,以免"不敬",当然那种爱情似的追求就更不用说了。所以,要说东皇太一是楚国人心目中高高在上的天帝,并不是没有道理的。

云中君

浴兰汤兮沐芳,（我们沐浴了芳香之水,）
  兰汤：用兰草浸泡的水。
  沐：洗发。
  芳：指用芳草浸泡的水。

华采衣兮若英。（穿上如花般的五彩衣裳。）
  华采衣：衣华彩,穿上五彩的美服。
  若英：如花一般。

灵连蜷兮既留,（神灵飘忽地降临,）
  灵：指云中君。
  连蜷(quán)：形容云舒卷的样子。

烂昭昭兮未央。（神光灿烂,无穷无尽。）
  烂昭昭：形容极为明亮的样子。
  未央：未尽,这里指光亮极盛,毫不衰减。

蹇将憺兮寿宫,（神灵安详地在寿宫休息,）
  蹇(jiǎn)：发语词,无义。
  憺(dàn)：安,这里有休息的意思。
  寿宫：供神的地方。

与日月兮齐光。（和日月齐放光明。）

龙驾兮帝服,（驾着龙车,穿着帝服,）
  龙驾:以龙驾车。

聊翱游兮周章。（暂且在这里四处翱游。）
  周章:四处流转,周游之意。

灵皇皇兮既降,（光亮的神灵降临了,）
  灵:指云中君。
  皇皇:光明貌。

猋远举兮云中。（忽然又迅速地回到云中。）
  猋(biāo):迅速离去。
  远举:远离。

览冀州兮有余,（高高地俯视着中国,）
  冀州:古九州岛之一,这里指中国。
  有余:是说所望极远,不止中国一地。

横四海兮焉穷?（忽又横行四海,要到哪里去?）
  焉穷:焉,何,哪里。焉穷,哪有穷尽?是说,横行四海,无穷无尽。

思夫君兮太息,（想念你啊叹息不已,）
  夫君:夫,指示词,那。夫君,那个人,指云中君。

极劳心兮忡忡。（使我忧心忡忡。）
  极:非常,形容忧心之至。
  劳心:忧心。
  忡忡,忧心貌。

【解析】

《九歌》中的第二位神是云中君。这个云中君，一般认为是云神，虽然也有人以为是雷神、雨神、风神，但总以云神的说法较为妥当。从"云中君"这个名字和歌辞的描写来看，说云神大概是不会错的。

开头两句：

（我们）沐浴了芳香之水，穿上如花般的五彩衣裳。

这是描写祭神的人们。接着立刻是云中君的降临：

神灵飘忽地降临，神光灿烂，无穷无尽。

但也有人说，前两句也是写云中君。那就是说，在祭礼开始时，巫者穿着五彩衣，扮着云神，降临到人间。这样说，则云神不但神光灿烂，而且衣饰鲜丽了。但恐怕前两句还是指祭神的人较为适当。这样，祭神者扮演的是女性的角色，而云神则是男性，比较合乎《九歌》所惯有的人神恋爱关系。

第二段是写云在祭坛上的逗留：

神灵安详地在寿宫休息，和日月齐放光明。驾着龙车，穿着帝服，暂且在这里四处遨游。

从这里，我们可以看到云神的第一个特点，那就是他的光彩，这使他足以"与日月齐光"。我们在第一段已看到他降临时"烂昭昭兮未央"（神光灿烂，无穷无尽），在下面一段，又可以看到人们形容他"皇皇兮"（光明灿烂的意思），可见云神的光彩夺目是无可置疑的。

云神的第二个特色是，行动迅速而飘忽，第三段前四句说：

楚辞：泽畔的悲歌

> 灵皇皇兮既降,
> 猋远举兮云中。
> 览冀州兮有余,
> 横四海兮焉穷?

> 光亮的神灵降临了,
> 忽然又迅速地回到云中。
> 高高地俯视着中国,
> 忽又横行四海,要到哪里去?

本来以为云神要在寿宫休息,要在这里游逛一阵子,没想到他挟着炫目的光彩刚一降临,立刻又转身飞回云中。看他走了,赶快抬头望去,刚看到他高高地俯视着人们,马上又去得无影无踪,不晓得飞到四海的哪一头去了。这一段写云神的光彩与动作,真是生动异常。对于这样来去飘忽的神灵,人们当然不胜向往。所以看到他短到不能再短的逗留,不禁感叹着说：

> 想念你啊叹息不已,使我忧心忡忡。

不过这首《云中君》,虽然有对神灵的直接描写,也有一点人对神追求和迷恋的意思,比起《九歌》其他各首来,还是显得朴实了些。

湘　君

君不行兮夷犹，（你犹犹豫豫的不肯前来，）
　　　君：指湘君。
　　　夷犹：犹豫、迟疑不决。

蹇谁留兮中洲？（是为谁而逗留在沙洲中呢？）
　　　蹇（jiǎn）：发语词，无义。
　　　中洲：洲中，沙洲中。
　　　以上两句为巫者所唱。

美要眇兮宜修，（我打扮得美好，）
　　　要眇（yào miǎo）：美好貌。
　　　宜修：适宜修饰打扮。

沛吾乘兮桂舟。（乘着桂舟沛然前进。）
　　　沛：行貌。
　　　吾：指湘君。
　　　桂舟：桂木所造之舟。

令沅湘兮无波，（我命沅、湘安静无波，）
　　　沅、湘：均水名。
　　　以上四句为湘君所唱。

使江水兮安流。（又叫江水平稳地流。）
　　　江：长江。

楚辞：泽畔的悲歌

望夫君兮未来，（盼望着你而你不来，）
　　　　夫君：夫，指示词，相当于"哪"。
　　　　君，指湘君。

吹参差兮谁思？（我吹着箫在想念谁啊？）
　　　　参差：箫。
　　　　谁思：思谁，意思是不想念你还会想念谁。
　　　　以上两句为巫者所唱。

驾飞龙兮北征，（驾着飞龙往北行进，）
　　　　驾飞龙：以飞龙驾车。
　　　　北征：往北而去。

邅吾道兮洞庭。（我转向洞庭湖而去。）
　　　　邅（zhān）：回转，转向某处行去之意。
　　　　洞庭：洞庭湖。

薜荔柏兮蕙绸，（薜荔装饰着船舱，蕙草作为帷幕。）
　　　　荔柏：柏，船舱之壁。薜荔柏，以薜荔饰船舱。
　　　　蕙绸：绸，帷帐。蕙绸，以蕙草为帷帐。

荪桡兮兰旌。（划着荪草装饰的船桨，插着兰草的旌旗。）
　　　　荪桡（náo）：桡，船桨。荪桡，以荪草装饰船桨。
　　　　兰旌：以兰草为旌旗。

望涔阳兮极浦，（望着远方涔阳的水滨，）
　　　　涔（cén）阳：地名。
　　　　极浦：极，远。浦，水滨。极浦，远方的水滨。

上篇　神话的世界

横大江兮扬灵。（我横越大江，显现威灵。）

　　大江：指长江。

　　扬灵：扬，显现。扬灵，显现威灵。

　　以上六句为湘君所唱。

扬灵兮未极，（你现了威灵，却不肯前来，）

　　极：至。整句是巫者在说，湘君虽在江上扬灵，却不肯到我这里来。

女婵媛兮为余太息。（侍女都关切地为我叹息。）

　　女：侍女，指巫者之侍女。

　　婵媛（chán yuán）：眷恋牵挂的样子。

横流涕兮潺湲，（我潸潸地流着眼泪，）

　　潺湲（chán yuán）：形容流涕的样子。

隐思君兮陫侧。（思念你啊悲痛不已。）

　　隐思君：隐，痛。隐思君，因想念你而觉悲痛。君，指湘君。

　　陫侧：悱恻，悲痛的样子。

　　以上四句为巫者所唱。自此以下至篇末皆巫者所唱。

桂櫂兮兰枻，（划着桂桨和兰桨，）

　　桂櫂（zhào）：櫂，船桨。桂櫂，以桂木为桨。

　　兰枻（yì）：枻，也是船桨。兰枻，以兰木为桨。

斲冰兮积雪。（敲击着冰雪前进。）

　　斲（zhuó）：同斫，这里有敲击的意思。

　　整句是说，敲冰雪前进，比喻艰难。

· 021

采薜荔兮水中,(我好比在水中采撷薜荔,)

搴芙蓉兮木末。(又像到树梢摘取芙蓉。)

  搴(qiān):摘取。

  木末:树梢。

  以上两句比喻徒劳无功。因薜荔生于树上,芙蓉长在水中,今反其道而行,故徒劳无功。

心不同兮媒劳,(心意不同,媒人只有徒劳往返,)

  媒劳:媒,媒人。媒劳,是说虽有媒人,也是徒劳。

恩不甚兮轻绝。(交情不深厚,你轻易地就不和我来往。)

  恩不甚:恩,情意。恩不甚,情意不够深厚。

  轻绝:轻易地就断绝了来往。

石濑兮浅浅,(石濑浅浅地流着,)

  石濑:石滩间的激流。

  浅浅(jiān jiān):疾流貌。

飞龙兮翩翩。(你驾着飞龙翩翩地离去。)

  翩翩:飞翔迅疾貌。这句是说,湘君已走得无影无踪。

交不忠兮怨长,(交友不忠啊令我怨恨不已,)

  交不忠:是说交友不守朋友之道。

期不信兮告余以不闲。(不守信约啊却告诉我说没有空闲。)

  期不信:期,约定。不信,不守信约。期不信,是说约好了却不守信。

告余以不闲：告诉我说，他没有空闲。

朝骋骛兮江皋，（早上我奔驰在江边，）

骋骛（wù）：奔驰之意。

江皋（gāo）：江边。

夕弭节兮北渚。（傍晚在北渚休息。）

弭（mǐ）节：止息，休息。

渚（zhǔ）：小沙洲。

鸟次兮屋上，（鸟栖息于屋上，）

次：止，栖息。

水周兮堂下。（水环绕着四周而流。）

周：环绕。

捐余玦兮江中，（把我的玉玦丢弃在大江中，）

捐：弃。

玦（jué）：玉佩之一种。

遗余佩兮醴浦。（把我的玉佩抛弃在醴水旁。）

遗：弃。

醴（lǐ）浦：醴，水名。醴浦，醴水之滨。

采芳洲兮杜若，（我到芳洲去摘采杜若，）

芳洲：生长芳草之沙洲。

杜若：香草。

将以遗兮下女。（想要送给你的侍女。）

遗（wèi）：赠送。

下女：指湘君之侍女。其实是送给湘君，因表示恭敬，不敢明指，所以说下女。

时不可兮再得，（机会是很难再得到的，）

时：指相会之时。

聊逍遥兮容与。（我只有暂且宽心地在这里逍遥徜徉。）

容与：安详舒徐的样子。

【解析】

　　《湘君》和下一篇的《湘夫人》是《九歌》最著名的两篇。《九歌》中的人神恋爱色彩，以这两篇最为浓厚。从文字和结构上看，这两篇也有很多相似的地方。然而，人们所以常将两篇相提并论，最重要的原因可能是，湘君和湘夫人明显的是互有关系的两个神。但一谈到这两个神的性质，则又众说纷纭，莫衷一是。根据古代的传说，舜的妻子是尧的两个女儿娥皇和女英。舜后来南巡，死在苍梧，娥皇、女英也跟着跳湘水自尽。有人就根据这个传说，说娥皇、女英死后成湘水之神，湘夫人指的是她们两人。有人又以为，是湘君指这两人。又有人说，湘君指娥皇，湘夫人指女英。但是，后来又有人认为，这些说法都不对。他们说，湘君、湘夫人是一回事，娥皇、女英又是一回事，两者根本扯不到一块儿。湘君是湘水之神（男神），而湘夫人则是湘水的女神，两人是一对配偶神，也就是说，湘君、湘夫人是夫妻关系。有些人大致接受这个看法，但反对说他们两个是夫妻。无论如何，现代人大致承认，湘君是男神，湘夫人是女神，两人都是湘水之神。湘水有两个神并不奇怪。湘水是湖南境内最大的河流，在古代农业社会，湘水的灌溉功能直接影响到楚国人的生活。楚国人特别崇奉湘水之神，同时有男神、女神两个神，是可以理解的。

从歌辞上推测，祭祀湘君时，是由男巫扮演湘君，由女巫扮演主祭的人。全篇由女巫对湘君的追求、思慕之情，来表示楚国人民对湘君的崇敬与向往。但整个说起来，这一篇并不好读。主要的原因是，哪些句子指女巫，哪些句子指湘君，大家并没有相当一致的看法。我们从头读下去，即可了解问题之所在。

开头两句由女巫唱出她对湘君的抱怨，抱怨他不肯前来人间接受人们的崇奉与礼拜：

你犹犹豫豫地不肯前来，是为谁而逗留在沙洲中呢？

接下去的四句是这样的：

我打扮得美好，乘着桂舟沛然前进。我命沅、湘安静无波，又叫江水平稳地流。

这几句一般认为也是女巫在说话，是女巫打扮得美好，乘着桂舟要去接湘君。但这样讲有点不妥，因后两句说：

令沅湘兮无波，
使江水兮安流。

这应该是湘水之神的口气，只有湘水之神有这种本事，女巫应该是不会这样说话的。所以说这四句是湘君所唱，似乎比较妥当。

女巫抱怨湘君不来，而湘君还悠闲地在湘水上乘着桂舟随波逐游，所以女巫接着又叹息说：

盼望着你而你不来，我吹着箫在想念谁啊？

然而，虽然女巫这样感叹，湘君还是不来，甚至游到更远的洞庭湖去了：

驾着飞龙往北行进，我转向洞庭湖而去。薜荔装饰着船舱，蕙草作为帷幕；划着荪草装饰的船桨，插着兰草的旌旗。望着远方涔阳的水滨，我横越大江，显现威灵。

这六句也有人说是指女巫，是女巫看湘君还是不来，所以把船划到更远的洞庭湖去接。照我们的讲法，是湘君不理会女巫的祈盼，反而跑得更远，所以女巫只有更加伤心，以至流泪了：

你现了威灵，却不肯前来，侍女都关切地为我叹息。我潸潸地流着眼泪，思念你啊悲痛不已。

照另一种讲法，是女巫乘着船一路追湘君追到洞庭湖，而湘君总是不肯现身，所以她最后只有伤心地哭了。照我们的讲法，则祭祀时是由女巫和湘君（男巫扮演）轮唱。先是女巫抱怨湘君不来，接着湘君唱说他在水上遨游，女巫又进一步抱怨，湘君却跑得更远，到洞庭湖去，故意现身，却不肯降临，所以女巫只好"横流涕兮潺湲"（潸潸地掉眼泪）。

湘君这样捉弄人，下面以至整首祭歌结束，完全是女巫一连串的抱怨、痛骂，以及自我安慰：

划着桂桨和兰桨，敲击着冰雪前进。我好比在水中采撷薜荔，又像到树梢摘取芙蓉。心意不同，媒人只有徒劳往返；交情不深厚，你轻易地就不和我来往。

开始四句，女巫用各种事情比喻追求湘君的困难。后面两句，干脆骂起湘君，说他心意和自己不同，轻易和自己绝交。唱到这里，眼看着湘君竟驾着龙车，去得无影无踪，不禁又再痛骂起来：

石濑浅浅地流着,你驾着飞龙翩翩地离去。交友不忠啊令我怨恨不已,不守信约啊却告诉我说没有空闲。

后面两句,完全是一副痴心女子骂负心汉的口气。"不守信约啊却告诉我说没有空闲",刻画的的确是薄幸人的寡情寡义。

不管再怎么怨恨,湘君还是走了,女巫只有设法安慰自己:

早上我奔驰在江边,傍晚在北渚休息。

在江边奔驰了一整天,等湘君等了一整天,现在她准备休息了:

鸟栖息于屋上,水环绕四周而流。

这是她休息的场所。但是她还是越想越气:

把我的玉玦丢弃在大江中,把我的玉佩抛弃在醴水旁。

这玉玦与玉佩,可能是打算见面时送给湘君的。现在想起他的无情,只有拿这些东西出气。然而,丢是丢了,还是没有办法诀别,还是想跟他来往,所以:

我到芳洲去摘采杜若,想要送给你的侍女。

还是不死心,还是想等待机会。最后她说:

机会是很难得的,我只有暂且宽心地在这里逍遥徜徉。

足见她的自我安慰只是要养精蓄锐,等待下一个机会的来临,足见她的不死心。

从这首《湘君》中,我们很明白地体会到了所谓《九歌》的人神恋爱到底是怎么一回事。以我们现在祭神时那种庄严肃穆的气氛来衡量,我们可能要对楚国人祭礼中的"不庄重"大吃一惊。然而,根据人类学家的说法,人类早期的祭神仪式却常常是采取这种追求形式的。不过,楚国人把这个追求形式写得这样美,这样煞有介事,完全是人间的爱情游戏一般,足见他们的艺术天才确实不同凡响。

湘夫人

帝子降兮北渚， （帝子降临到北渚，）
  帝子：指湘夫人，古时"子"可以兼指男女。
  渚（zhǔ）：小沙洲。

目眇眇兮愁予。 （远望而不见啊，令我生愁。）
  眇眇（miǎo miǎo）：远望而不见的样子。
  愁予：使我生愁。予，指祭神的巫者。

袅袅兮秋风， （袅袅的秋风吹着啊，）
  袅袅：形容秋风悠长的样子。

洞庭波兮木叶下。 （洞庭湖生起了波浪，树叶纷纷地下落。）
  波：动词，生波。
  木叶下：树叶落下。

登白薠兮骋望， （登上长着白薠的地方眺望，）
  白薠（fán）：草名。
  骋望：极目远望。

与佳期兮夕张。 （与佳人约好了，傍晚正准备接待。）
  佳：佳人，指湘夫人。
  期：约。
  张：陈设，准备接待湘夫人。

鸟何萃兮苹中?（但为何鸟栖息在水草中？）

　　萃（cuì）：聚集。

罾何为兮木上?（为何渔网又挂在树木上？）

　　罾（zēng）：渔网。

　　以上两句是说，苹生水中，鸟不当栖在这里，渔网也不应挂在树上。兆头不好，是否佳人不来了。

沅有茝兮醴有兰，（沅水有白芷啊，醴水有兰草，）

　　沅、醴（lǐ）：均为水名。

　　茝（chǎi）：白芷。

思公子兮未敢言。（想念你啊，不敢说出口。）

　　公子：指湘夫人，古时"公子"为男女通称。

荒忽兮远望，（恍恍惚惚地翘首远望，）

　　荒忽：恍惚，形容神情迷乱。

观流水兮潺湲。（看那流水潺湲地流着。）

　　潺湲：流水声。

麋何食兮庭中?（麋为何在庭中吃草呢？）

　　麋（mí）：似鹿而大。

蛟何为兮水裔?（蛟为何在浅滩上？）

　　裔（yì）：水边。

　　以上两句是说，麋当在山林，不应在庭中；蛟当在深渊，不应在水边。也是兆头不好的意思。

· 029

朝驰余马兮江皋,（早上啊我骑着马在江边奔驰,）
　　余：指巫者。
　　江皋：江边。

夕济兮西澨。（傍晚啊渡到了西岸。）
　　济：渡。
　　澨（shì）：水滨。

闻佳人兮召余,（听说佳人在召唤我,）

将腾驾兮偕逝。（我要跟你驾车远去。）
　　腾驾：驾车奔驰之意。
　　偕（xié）逝：一起到他处去。

筑室兮水中,（我在水中造房子,）

葺之兮荷盖。（盖上荷叶的屋顶。）
　　葺（qì）：覆盖。整句是说,以荷叶为屋顶。
　　以上两句是说,在水中筑室,准备接待湘夫人。

荪壁兮紫坛,（荪草饰屋壁,紫贝壳铺庭院,）
　　荪壁：以荪草饰屋壁。
　　紫坛：以紫贝壳为庭院。

播芳椒兮成堂。（厅堂里撒上芳椒。）

桂栋兮兰橑,（桂木作栋梁,兰木作屋橑,）
　　桂栋：以桂木为栋梁。
　　兰橑（liáo）：以兰木为屋橑（chuán）。

辛夷楣兮药房。（辛夷为门梁，白芷饰卧房。）

　　辛夷楣（méi）：以辛夷为门上横梁。

　　药房：药，白芷。药房，以白芷装饰卧房。

罔薜荔兮为帷，（把薜荔结作帷帐，）

　　罔：同网，结的意思。

擗蕙櫋兮既张。（又挂蕙草在屋檐上。）

　　擗（pǐ）蕙櫋（mián）：擗，分开。櫋，屋檐。擗蕙櫋，把蕙草分开，挂在屋檐上。

　　既张：已设好之意。是说，已把蕙草挂好。

白玉兮为镇，（白玉压住席子，）

　　镇：压席之物。

疏石兰兮为芳。（散布石兰，增加芳香。）

　　疏：散布。

　　为芳：增加芳香之气。

芷葺兮荷屋，（白芷盖在荷叶的屋顶上，）

　　整句是说，以芷和荷盖屋顶。

缭之兮杜衡。（再用杜衡来缠绕。）

　　缭（liáo）：缠绕。

合百草兮实庭，（庭院里种满了百草，）

　　实庭：置满庭中。

· 031

建芳馨兮庑门。（又筑起芳馨的门廊。）

> 庑（wǔ）：门廊。

九嶷缤兮并迎,（九嶷诸神也缤纷地来迎接你。）

> 九嶷（yí）：山名。
>
> 缤：缤纷。整句是说，九嶷山的众神也都来迎接湘夫人。

灵之来兮如云。（他们如云彩似的纷纷降临。）

> 灵：指九嶷山诸神。
>
> 如云：形容众多。

捐余袂兮江中,（把我的衣袖丢弃在大江中，）

> 捐：弃。
>
> 袂（mèi）：衣袖。

遗余褋兮醴浦。（把我的短衣抛弃在醴水旁。）

> 遗：弃。
>
> 褋（qiān）：短衣。
>
> 醴浦：醴水水滨。

搴汀洲兮杜若,（摘取汀洲的杜若，）

> 搴（qiān）：摘取。
>
> 汀（tīng）洲：水边平地。
>
> 杜若：香草。

将以遗兮远者。（想要送给远方的你。）

> 远方：远方的人，指湘夫人。

时不可兮骤得，（机会不能立刻就得到，）

  时：指相见之时。

聊逍遥兮容与。（我只有暂且宽心地在这里逍遥徜徉。）

  容与：安详舒徐的样子。

【解析】

  关于湘夫人这位神灵，在前一篇中已提到了。她是湘水的女神，很可能是湘君的夫人，但不太能确定。除此之外，还有一点值得说明。这首歌一开始就称湘夫人为"帝子"，这"帝子"应该如何解释呢？以前的人大都相信湘夫人是指女英，女英既然是尧的女儿，当然可称之为帝子。但现代人大都不认为湘夫人非指女英不可，这"帝子"又该如何讲呢？根据古书的记载，湘夫人很可能是天帝之女（上帝的女儿）。既是如此，称她为"帝子"就更为顺理成章了。

  这篇《湘夫人》所祭祀的既然是女神，那么，主祭的是男巫也是可想而知的。歌中的人神恋爱色彩，和《湘君》篇一样浓厚，不同的是，《湘君》是女巫追男神，而这里则是男巫追女神。还有一点差别是，在《湘君》里，湘君可能在祭礼过程中出来唱过几句，而在这首《湘夫人》里，自始至终都是男巫在唱，是男巫在表达他对女神的思慕之情。

  《湘夫人》开头四句，是《九歌》中众所周知的名句：

  帝子降兮北渚，

目眇眇兮愁予。

袅袅兮秋风,

洞庭波兮木叶下。

帝子降临到北渚,

远望而不见啊令我生愁。

袅袅的秋风吹着啊,

洞庭湖生起了波浪,树叶纷纷地下落。

湘夫人到底有没有降临呢?谁也不知道。但在男巫热切的企盼中,好像是看她降临到那远远的北渚。于是望啊望的,却始终没望到。一句"目眇眇兮愁予",真是把那翘首思慕的情景写得再生动不过了。但更好的是下面两句。是望而不见,令我生愁。这愁如何呢?诗人却不说,只说"袅袅兮秋风,洞庭波兮木叶下"。这袅袅的秋风含有多少愁呢?你能想象吗?你是想象不到的。你想象有多少它就有多少。这真是所谓余音袅袅了。这是中国文学中写爱情最著名的句子之一。

男巫为什么这样锲而不舍地远望呢?原来他早已和湘夫人约好了:

登上长满白蘋的地方眺望,与佳人约好了,傍晚正准备接待。

于是虽"目眇眇"而不见,仍然远望。然而还是不来,反而看到一些不寻常的景象:

但为何鸟栖息在水草中?为何渔网又挂在树木上?

这样反常的情形,是不是表示兆头不吉利,佳人要失约了呢?然而还是不相信佳人会真的失约,于是继续远望。望啊望

啊,望到的是那沅水旁的白芷和醴水旁的兰草:

> 沅有芷兮醴有兰,
> 思公子兮未敢言。

> 沅水有白芷啊,醴水有兰草,
> 想念你啊,不敢说出口。

那白芷,那兰草,如此的芬芳,宛如那令人崇拜的高洁女神,真是可望而不可即,想在心里而不敢说出口。然而,这样的望着望着,竟觉得心神渐渐地迷惘起来:

恍恍惚惚地翘首远望,看那流水潺湲地流着。

当那男巫如此唱着,那潺潺的流水宛如他诉不尽的情意,也宛如那诉不尽的哀伤。而很不幸地,他又再次看到反常的景象:

麋为何在庭中吃草呢?蛟为何在浅滩上?

似乎真的兆头越来越不利,似乎真的他要失意而归了。

然而,他不让自己失望,他立刻为自己打气。

早上啊我骑着马在江边奔驰,傍晚啊渡到了西岸。听说佳人在召唤我,我要跟她驾车远去。

他再度提醒自己:他已跟佳人约好了,而且是佳人在召唤他,而且他已奔驰了一整天,他不能就此放弃。那么,不管如何,不管佳人来不来,既已到了约好的黄昏时间,就立刻开始着手准备接待吧:

我在水中造房子,盖上荷叶的屋顶。荪草饰屋壁,紫贝壳铺庭院，厅堂里洒上芳椒。桂木作栋梁，兰木作屋椽，辛夷为门梁，白芷饰卧房。

把薜荔结作帷帐，又挂蕙草在屋檐上。白玉压住席子，散布石兰，增加芳香。白芷盖在荷叶的屋顶上，再用杜衡来缠绕。庭院里种满了百草，又筑起芳馨的门廊。

这一段对于居室的描写，非常值得注意。这里所提到的香草计有荷、荪、椒、桂、兰、辛夷、白芷、薜荔、蕙、石兰、杜衡等等。《楚辞》以描写"香草美人"著称，在这里，我们充分看到香草的一面。我们可以想象，两千多年前的楚国人，在祭祀神灵时，祭坛上是怎样一个芬芳的香草世界啊！譬如他们祭祀湘夫人时，一定在水边（甚或水上）筑上一个如上面所描写的精制香屋，再叫一个披满香花香草的男巫在旁边盼望呼唤，以等候女神的降临。这样一种宗群崇拜，确实是很罗曼蒂克，很令生活在乌烟瘴气的工业文明时代的现代人向往。

言归正传，现在屋子是造好了。不但造好了，而且：

九嶷诸神也缤纷地来迎接你，他们如云彩似的纷纷降临。

似乎天上、人间都在共同等候女神湘夫人的荣宠与光临。然而，来了没有呢？诗里并没有正面说出，只在下面接着说：

把我的衣袖丢弃在大江中，把我的短衣抛弃在醴水旁。摘取汀洲的杜若，想要送给远方的你。机会不能立刻就得到，我只有暂且宽心地在这里逍遥徜徉。

很明显，这和湘君的结尾几乎一模一样。可见湘夫人到底也和湘君一样地失约了，男巫才会气愤地把作为礼物的衣袖和短衣丢掉，接着又回心转意，又想采摘杜若送给湘夫人，又安慰自己宽心地等待下一次的机会。从《湘君》和《湘夫人》两篇看起来，古代的楚国人一直把神看成是很神秘、超乎人类想象的"人物"，才会这样极尽人间追求之能事，而他们还是吝于惠然光临。

大司命

广开兮天门，（广开着天门，）

纷吾乘兮玄云。（我乘着众多的玄云。）

  纷：指云之盛。

  吾：指大司命。

  玄云：黑云。

令飘风兮先驱，（命旋风在前面引导，）

  飘风：旋风。

  先驱：在前引导。

使涷雨兮洒尘。（又叫暴雨洗尘清道。）

  涷雨：暴雨。

  洒尘：洒清道路。

  以上四句为大司命所唱。

君回翔兮以下，（你盘旋着降临，）

  君：祭神的巫者称呼大司命。

  回翔：盘旋。

踰空桑兮从女。（我越过空桑去跟随着你。）

  踰：越。

  空桑：传说中的山。

  从女：女，同汝，指大司命。这是说，祭神的巫者要去跟随大司命。

  以上两句为巫者所唱。

纷总总兮九州，（这么广大，人口众多的天下啊，）

  纷总总：众多貌。

  九州：天下之意。

何寿夭兮在予？（怎么寿命的长短都在我的掌握之下？）

  寿夭：寿命的长短。

  予：指大司命。

  以上两句为大司命所唱。

高飞兮安翔，（在高空中慢慢地飞翔，）

  安翔：慢慢地飞翔。

乘清气兮御阴阳。（导乘着天地的清气和阴阳之气。）

  乘清、阴阳：都是指天地之气。

  御：也是"乘"的意思。

吾与君兮斋速，（我和你又迅速地远去，）

  吾：指巫者。君，指大司命。

  斋速：迅速之意。

导帝之兮九坑。（引导着天帝周游天下的大山。）

上篇　神话的世界

帝：天帝、上帝。

之：往。

九坑：九州山川，亦即天下之意。

以上四句为巫者所唱。

灵衣兮被被，（我长长的衣服随风飘扬，）

被被（bèi bèi）：长貌。

玉佩兮陆离。（玉佩上的彩色鲜艳夺目。）

陆离：色彩极盛的样子。

壹阴兮壹阳，（天地啊一阴一阳地变化，）

壹阴壹阳：指天地阴阳之变化。

众莫知余之所为。（广大的人们啊完全不知道我的作为。）

余：指大司命。

以上四句为大司命所唱。

折疏麻兮瑶华，（我折下疏麻如玉似的白花，）

瑶华：华，同花。瑶华，指疏麻的花。花色如瑶玉般美，所以说"瑶华"。

将以遗兮离居。（要送给远方的人。）

离居：与自己分别的人，这里指大司命。

老冉冉兮既极，（年纪是渐渐地老了，）

冉冉：渐渐地。

极：至。

楚辞：泽畔的悲歌

不寖近兮愈疏。（不再亲近啊，会更加地疏远。）

  寖近：稍稍亲近。

  愈疏：更加疏远。

  以上四句为巫者所唱，自此以下至篇末皆为巫者所唱。

乘龙兮辚辚，（你乘着的龙车，发出雷鸣般的声音）

  辚辚（lín lín）：车声。

高驰兮冲天。（往高空中飞驰而去。）

结桂枝兮延伫，（我折着桂枝翘首伫立，）

  结桂：手折桂枝而持着。

  延伫（zhù）：久立。

羌愈思兮愁人。（愈是思念啊，愈是令人发愁。）

  羌（qiāng）：发语词，无义。

愁人兮奈何？（忧愁啊又能奈何？）

愿若今兮无亏。（但愿能像现在一样的感情永不衰竭。）

  若今：像现在。

  无亏：是说感情不衰歇，即感情永存之意。

固人命兮有当，（人生本来有命啊，）

  固：本来。

  有当：有定数，即人生有命之意。

孰离合兮可为？（是离是合，谁又有什么办法？）

孰：谁。

可为：有所作为，有办法之意。

【解析】

　　《大司命》和下一篇的《少司命》，正如湘君和湘夫人一般，是一对互有关系的神。不同的是，湘君和湘夫人为一男一女，而大司命、少司命则都是男神。顾名思义，所谓"司命"，即主管命运之意，可见这两人都是命运之神。命运之神为何有大、小之分，而其分别又在哪里呢？关于这些问题，学者也没有办法完全弄清楚。不过，从这两首歌看来，大司命、少司命的职掌确是有所不同。我们读过歌辞，即可有所了解。

　　在结构上，《大司命》和《湘君》有些类似，那就是，由男巫扮演神灵，由女巫扮演主祭者，两人在祭祀的场合轮唱。《大司命》一开始，即是神灵的出现。他大声唱着：

　　　　广开兮天门，
　　　　纷吾乘兮玄云。
　　　　令飘风兮先驱，
　　　　使涷雨兮洒尘。

　　　　广开着天门，
　　　　我乘着众多的玄云。
　　　　命旋风在前面引导，
　　　　又叫暴雨洗尘清道。

为什么说他"大声"唱呢?这是从他出门的派头想象出来的。你看他出门之前,是天门广开着,可以推想到他地位之高与仆从之众。最特殊的是他乘的居然是"玄云"(黑云),这在《九歌》中是绝无仅有的。不但如此,他还有那"先驱"与"洒尘"的先锋,而这先锋是旋风与暴雨。跟他一起出现的是乌云、旋风与暴雨,其威势真是可想而知了,确实是气势慑人,令人不敢仰视的命运之神。由此当然可以想象他出门的气派,以及他的"高唱入云"。

他一出现,巫者立刻接着唱:

你盘旋着降临,我越过空桑去跟随着你。

看他一出现,巫者立刻跟了上去,一副诚惶诚恐的样子。而接着这大司命又唱出不同凡响的两句:

纷总总兮九州,
何寿夭兮在予?

这么广大,人口众多的天下啊,
怎么寿命的长短都在我的掌握之下?

口气多大!多少人的生死大权操在他手上,可见他的确是掌管生杀的命运之神。由此,也可了解乌云、旋风、暴雨与他一起出现之理所当然了。他真是一位黑脸包公似的人物。

接着是巫者唱出他们一起漫游的情景:

在高空中慢慢地飞翔,乘着天地的清气和阴阳之气。我和你又迅速地远去,引导着天帝周游天下的山川。

上篇　神话的世界

　　这里令人不解的是，他们为什么又去引导上帝周游天下。但这大司命有资格当上帝的"导游"，也可见其地位的不凡。
　　底下四句又是大司命在唱，他说：
　　我长长的衣服随风飘扬，玉佩上的彩色鲜艳夺目。
　　这么威灵赫赫的大司命之神，居然也穿得这么"诗意"，楚国人真是够浪漫的了。但是，大司命究竟是大司命，他的基本形象还是不变，你看他接着又唱：

　　　　壹阴兮壹阳，
　　　　众莫知余之所为。

　　　　天地啊一阴一阳地变化，
　　　　广大的人们啊完全不知道我的作为。

　　又是一副变化莫测、令人生畏的命运之神的模样。
　　最后，大司命终于离开了，剩下孤独的巫者唱出他对神灵的向往与思慕之情：
　　我折下疏麻如玉似的白花，要送给远方的人。年纪是渐渐地大了，不再亲近啊，会更加地疏远。
　　后面两句（原文是：老冉冉兮既极，不寖近兮愈疏。）的确唱出了年华日渐老去的人，对已有的感情更加珍惜的心理。就是这种心理，使巫者在大司命离去之后，还恋恋不舍，还翘首远望，遥向着神灵远去的地方：
　　你乘着辚辚的龙车，往高空中飞驰而去。我折着桂枝翘首伫立，愈是思念啊，愈是令人发愁。

· 043

然后，他只好自我安慰地唱着：

忧愁啊又能奈何？但愿能像现在一样的感情永不衰竭。人生本来有命啊，是离是合，谁又有什么办法？

悲欢离合是任何人不能控制的，何况神灵还跟他一起邀游天下，足见对他还算有情，只要此情永存，他又有什么好遗憾的呢？这也算善于宽慰自己了。本来嘛，离别之后，还知彼此有情，真是"但愿人长久，千里共婵娟"，聊以自慰了。

正如前面形容大司命潇洒华丽的衣饰一般，我们也会觉得这么可畏的命运之神，人们还这么缠绵地去思念他，未免太匪夷所思了。但也正如前面所说的，也足以体会到楚国人那种无所不在的浪漫情绪了。不过，这首祭歌的后半部分虽然具有《九歌》惯有的深情厚意，前半段那种气势倒是很难得，很符合命运之神的形象。

少司命

秋兰兮蘼芜，（秋兰和蘼芜，）
　　蘼芜（mí wú）：香草。

罗生兮堂下。（罗生于堂下。）
　　罗生：并列而生。

绿叶兮素华，（绿叶啊白花，）
　　素华：白花。

芳菲菲兮袭予。（阵阵的香气袭人。）
　　芳菲菲：形容香气极盛。
　　予：指祭神的巫。

夫人自有兮美子，（人们自有好子孙，）
　　夫：发语词，无义。
　　美子：好子孙。

荪何以兮愁苦？（你为何要替人愁苦？）
　　荪（sūn）：香草，这里指少司命。

秋兰兮青青，（青青的秋兰，）
　　青青：茂盛貌。

绿叶兮紫茎。（翠绿的叶子，紫色的茎。）

满堂兮美人，（满堂的美人啊，）
　　美人：指参与祭祀的其他女巫。

忽独与余兮目成。（你忽然独独地与我眉目传情。）
　　目成：以目传情。

入不言兮出不辞，（进来不说一句话，出去也不告辞，）
　　辞：告辞。

乘回风兮载云旗。（你乘着旋风，载着云旗离去。）
　　回风：旋风。
　　云旗：以云为旗。

楚辞：泽畔的悲歌

悲莫悲兮生别离，（最可悲的没有比生别离还悲哀了，）

乐莫乐兮新相知。（最快乐的莫过于新认识了你这个知己。）
   新相知：新认识一个知己。

荷衣兮蕙带，（你穿着荷衣，系着蕙带，）
   荷衣：以荷叶为衣。
   蕙带：以蕙草为衣带。

倏而来兮忽而逝。（倏然而来，又突然离开。）
   倏（shū）：迅疾。
   逝：离去。

夕宿兮帝郊，（傍晚在天国郊外休息，）
   帝郊：帝，指天帝、上帝。帝郊，是说天帝所在之附近。

君谁须兮云之际？（你到底在云端等着谁？）
   君：指少司命。
   谁须：须，等待。谁须，须谁，等待谁。

与女游兮九河，

冲风至兮水扬波，（编者注：此二句与《九歌·河伯》中二句
      重复，应是错简重出）

与女沐兮咸池，（盼望和你在咸池沐浴，）
   女：同汝，指少司命。
   咸池：传说中的天池。

晞女发兮阳之阿。（看你在阳阿晒干头发。）

　　晞（xī）：晒干。

　　阳之阿（ē）：旸（yáng）谷，太阳初升之地。

望美人兮未来，（望着望着你总不来，）

　　美人：指少司命，古时美人一词可以兼指男女。

临风怳兮浩歌。（叫我临风怅惘，只有大声歌唱。）

　　怳（huǎng）：失意貌。

　　浩歌：大声歌唱。

孔盖兮翠旍，（你乘着孔雀盖、翡翠旗的车子，）

　　孔盖：以孔雀羽毛为车盖。

　　翠旍（jīng）：以翡翠羽毛为旌旗。旍，即旌。

登九天兮抚彗星。（登上九天，手抚彗星。）

竦长剑兮拥幼艾，（高举着长剑保护幼小的男女。）

　　竦：有高举之意。

　　拥：保护。

　　幼艾：美好的少年男女。

荪独宜兮为民正。（只有你才是万民公正的主宰。）

　　民正：万民的裁判、百姓的主宰。

【解析】

　　少司命和大司命虽然同是命运之神，但性格迥然大异。《大

司命》的开头威势逼人,而我们看,《少司命》的前四句是怎样的柔媚啊:

> 秋兰兮麋芜,
> 罗生兮堂下。
> 绿叶兮素华,
> 芳菲菲兮袭予。

> 秋兰和麋芜,
> 罗生于堂下。
> 绿叶啊白花,
> 阵阵的香气袭人。

在这样的气氛中,我们怎能想象一位铁面无私的命运之神呢?果然在下面两句里,我们马上知道,少司命的职责是要比大司命"可爱"多了:

人们自有好子孙,你为何要替人愁苦?

少司命担心人家有没有子孙,可见他掌管的是人间子嗣的事情了。我们已经看到,大司命掌管的是人寿命的长短,所以如果说,大司命决定人间的死亡,少司命则决定新生命的来到。一个是死亡之神,一个是生命之神。死亡的威势与不可抗拒,生命的可爱与芳香迷人,在两首歌的开头四句就已表露无遗了。

这样可爱的少司命之神,终于降临祭坛了。你看他降临的情形:

上篇　神话的世界

秋兰兮青青，
绿叶兮紫茎，
满堂兮美人，
忽独与余兮目成。

青青的秋兰，
翠绿的叶子，紫色的茎。
满堂的美人啊，
你忽然独独的与我眉目传情。

　　前面两句，正如最开头的四句，一样的迷人，都是在描绘祭坛的情景。在这样的芳香之园里，少司命来临了。在这样的芳香之园里，可以想象有多少的美女。而那少司命之神啊，却一进来，立刻就望着我（指主祭的女巫），那眼神蕴含多少柔情。"满堂兮美人，忽独与余兮目成。"我们可以想象一个白马王子，在千千万万的美人之中，一眼之下就选中他的白雪公主，你能想象那白雪公主的心情吗？"满堂兮美人，忽独与余兮目成。"正是这无法形容的欣喜。
　　然而，正当那少女跳跃着无比欣喜的心，等那白马王子把手伸向她时，却又突然转身，一言不语迅速地离去：

入不言兮出不辞，
乘回风兮载云旗。

进来不说一句话，出去也不告辞，

· 049

楚辞：泽畔的悲歌

  你乘着旋风，载着云旗离去。

  "入不言兮出不辞"，来去如风。说他无情，他又独独与我"目成"，说他有情，他又不吭一声转头走了，心里真不知是喜是悲，是该喜还是该悲：

    悲莫悲兮生别离，
    乐莫乐兮新相知。

    最可悲的没有比生别离还悲哀了，
    最快乐的莫过于新认识了你这个知己。

  分开来看，这两句真是千古的名句。还有什么比刚刚认识一个知己更高兴的呢？又有什么比立刻要跟他离别更悲哀的呢？而如果将这两句放在这个场合，自"满堂兮美人，忽独与余兮目成"，一直到这里，这忽然被"看上"，突然却又像弃若敝屣般的"抛弃"，我们能想象这少女的心情吗？这"悲莫悲"与"乐莫乐"不正足以形容她那无法形容的既悲又乐、既乐又悲的复杂心情吗？从"秋兰兮青青"到这里八句，写这样迅速的感情变化，真是令人只有纯然的赞叹了。

  因为前面各句是这样的光彩夺目，后面的句子反而相较失色：
  你穿着荷衣，系着蕙带；倏然而来，又突然离开。傍晚在天国郊外休息，你到底在云端等着谁？
  接着她诉说自己的愿望：
  盼望和你在咸池沐浴，看你在旸谷晒干头发。

这第二句也是名句（原文是："睎女发兮阳之阿"）。有什么能比看到自己的情人站在高高的山上飞扬着头发更骄傲的呢？他傲然独立，真是足以让人感觉到生死以之的决心。然而，这只是幻想，毕竟那神是远远地去了，不可能再回来了，所以底下接着说：

望着望着你总不来，叫我临风怅惘，只有大声歌唱。

临风高唱以忘忧（原文：临风怳兮浩歌），也真是描写失意人心境的好手笔。

然而，虽然他是走了，这么绝情，毕竟在众女之中他还是独独看上我了。于是，想象着他那倚天而独立的英姿，也足以自傲，也足以自慰的了：

你乘着孔雀盖、翡翠旗的车子，登上九天，手抚彗星。高举着长剑保护幼小的男女，只有你才是万民公正的主宰。

这里的中间两句："登九天兮抚彗星，竦长剑兮拥幼艾。"写那高高独立的神明，真是令人莫敢仰视，佩服至极，膜拜至极的了。从"拥幼艾"也足以证明，少司命的确是保护幼小生命的命运之神。

就写情而言，《少司命》的前半段确是少有的名作了。后半段也不差，但因前面写得太好，反而容易忽略后面的长处。像"睎女发兮阳之阿""登九天兮抚彗星""竦长剑兮拥幼艾"，表现那孤高兀立的人格，形象真是无比生动。

东 君

暾将出兮东方,(太阳要从东方出来了,)

　　暾(tūn):初升的朝日。

照吾槛兮扶桑。(光芒照在我栏杆的扶桑上。)

　　吾:指东君。

　　槛(jiàn):栏杆。

　　扶桑:神木,东君所居以扶桑为槛。

抚余马兮安驱,(抚勒着我的马慢慢地走,)

　　安驱:缓缓而行。

夜皎皎兮既明。(黑夜已变成皎皎明亮的白昼。)

　　以上四句为东君所唱。

驾龙辀兮乘雷,(神灵驾着龙车,乘着雷气,)

　　辀(zhōu):车辕,这里指车子。

　　乘雷:是说乘着雷气而行。

载云旗兮委蛇。(又插着长长的云旗。)

　　云旗:以云为旗。

　　委蛇(wēi yí):长貌,这里形容旗于飘扬的样子。

长太息兮将上,(长叹息地升到天上,)

心低徊兮顾怀。(心中迟疑,舍不得离开居处。)

低佪：迟疑、徘徊。

顾怀：眷恋不舍。

羌声色兮娱人，（他初升的彩色是多么动人，）

羌：发语词，无义。

观者憺兮忘归。（让观者都沉醉得忘了归去。）

憺（dàn）：安，这里有沉迷的意思。

缅瑟兮交鼓，（我们弹着瑟，擂着鼓。）

缅（gēng）瑟：缅，扭紧了弦。缅瑟，将瑟的弦扭紧。

交鼓：两人对着擂鼓。

箫钟兮瑶簴，（敲着钟，摇动了钟架，）

箫钟：箫，击。箫钟，击钟。

瑶簴（jù）：瑶，同摇。簴，钟架。瑶簴，是说因击钟而钟架摇动。

鸣篪兮吹竽，（又吹着篪和竽，）

篪（chí）：乐器，竹制。

竽（yú）：乐器。

思灵保兮贤姱。（我们的神巫是又美丽，又贤德。）

思：发语词，无义。

灵保：扮神的巫者。

姱（kuā）：美好。

翾飞兮翠曾，（我们慢慢地舞，迅速地舞，）

翾（xuān）：小飞貌。

· 053

翠：突然飞舞起来的样子。

曾（céng）：飞举。

展诗兮会舞，（唱着歌，大家一起跳舞，）

展诗：陈诗，即唱歌的意思。

会舞：众人合舞。

应律兮合节，（应着旋律，合着节拍，）

应律：应合着旋律。

合节：合着节拍。

灵之来兮蔽日。（神灵来了，众多的从者遮蔽了白日。）

灵：指东君。

蔽日：东君的从者众多，所以遮蔽了太阳。

青云衣兮白霓裳，（我穿着青云的上衣，白霓的下裳，）

青云衣：以青云为上衣。

白霓裳：白霓为下裳。

举长矢兮射天狼。（举起长箭来射天狼。）

天狼：指天狼星。

操余弧兮反沦降，（拿着我的弓，从天上下来，）

操：持，拿。

余：指东君。

弧（hú）：弓。

反沦降：反，同返。反沦降，是指太阳西沉。

援北斗兮酌桂浆。（提起北斗酌满了桂浆。）

　　援：拿起。

　　北斗：北斗七星形似酒器。

　　酌：酌酒。

　　桂浆：桂酒，用桂花泡浸的酒。

撰余辔兮高驰翔，（拉着马缰在高空中飞驰，）

　　撰（zhuàn）：持，拉。

　　辔：马缰。

杳冥冥兮以东行。（在幽暗中我又回到了东方。）

　　杳（yǎo）冥冥：幽暗貌。

　　自"青云衣"以下六句为东君所唱。

【解析】

　　东君是日神、太阳神。祭祀太阳神时，先由一巫者扮演太阳神出现在祭坛上，他唱着：

　　太阳要从东方出来了，光芒照在我栏杆的扶桑上。抚勒着我的马慢慢地走，黑夜已变成皎皎明亮的白昼。

　　一天又开始了，太阳神必须巡天上一周。你看他骑着马，慢慢地从东方出现，"抚余马兮安驱，夜皎皎兮既明"，虽然没有大司命之神出现时的威势，但平静的语调中自有一种威严。

　　地上的人们，对太阳神刚出现时的"抚余马兮安驱"，却又另有一番解释：

　　神灵驾着龙车，乘着雷气，又插着长长的云旗。长叹息地升到天上，心中迟疑，舍不得离开居处。

太阳初升时，总是非常缓慢。而在人们看来，这仿佛是太阳神眷恋故居，不愿意离开，一步三回头地叹息着。如此解释朝日初升的情景，真可看出楚国人多富于想象力了。然而，初升的太阳虽然特别缓慢，但也更为动人，所以人们接着唱：

日出的景象是多么动人，让观者都沉醉得忘了归去。

这两句，也有人以为是指祭祀时歌舞的声色娱人，而不是指朝阳彩色引人。但从上下文来看，似乎指朝阳要比较自然。

好，现在太阳终于高高地升到空中了，人们看着神灵居高临下地照耀着他们，于是众乐齐鸣，歌舞齐兴，大家热烈地、欢欣地庆祝神灵的光临：

我们弹着瑟，播着鼓。敲着钟，摇动了钟架；又吹着箎和竽；我们的神巫是又美丽，又贤德。

这是描写众乐齐鸣。最后一句的神巫指的是扮演太阳神的巫者，可以想象这时的场面是太阳神在场中应合着急管繁弦，一个人迅速地急舞着，才会让旁边的人赞叹他们神巫的贤德与美丽。

我们慢慢地舞，迅速地舞，唱着歌，大家一起跳舞；应着旋律，合着节拍；神灵来了，众多的从者遮蔽了白日。

可以想象，在神巫的独舞之后，一定是动人的大会舞。

然后，舞蹈停止了，音乐缓慢下来了，太阳开始下山了。接着，又是太阳神一人独唱着：

> 青云衣兮白霓裳，
> 举长矢兮射天狼。
> 操余弧兮反沦降，

援北斗兮酌桂浆。

我穿着青云的上衣，白霓的下裳，
举起长箭来射天狼。
拿着我的弓，从天上下来，
提起北斗酌满了桂浆。

这里写太阳神，形象非常的生动，"举长矢兮射天狼""援北斗兮酌桂浆"，可以想象天边的太阳神那种伟岸与壮武，这正和少司命的"登九天兮抚彗星""竦长剑兮拥幼艾"一样，都是写广阔的高空中，屹立着高大的神灵，让人由衷地兴起钦慕向往之情。

最后太阳神唱出了下面两句：

撰余辔兮高驰翔，
杳冥冥兮以东行。

拉着马缰在高空中飞驰，
在幽暗中我又回到了东方。

太阳完全下山了，天完全暗下来了。那落到西方的太阳神，又在天地的冥冥暗暗中回到了东方。现在虽然看不到太阳神了，但他即将下山前"举长矢兮射天狼"的英姿仍然深深地印在我们的脑海里。虽然他现在"杳冥冥兮以东行"，但我们仍仿佛看到他伟岸的身躯在幽暗之中大步而行。那无形象的形象，在我们的想象之中，反而更加地辉煌与闪耀。

  虽然我们已不能知晓，这首《东君》在两千多年前演唱的情形，但从文字来想象，仍可体会出整首歌的节奏。开头两段描写太阳初升的情景，节奏一定比较缓慢。到了神灵完全现身，太阳升到高空，则是众乐齐鸣的急管繁弦。我们从中间两段描写歌舞的文字，也可体会出这种情形。在这两段里，大部分的句子（请参考原文）都非常短促，大多是"××兮××"的短句。到了最后一段，太阳神要从天上下来了，句法完全是"×××兮×××"的长句。可以想象，这是全文中节奏最缓慢的地方。最开头两段的句法是"×××兮××"，介乎中段与末段之间。所以整首歌的节拍应该是：慢——最快——最慢。我们如留意原文句子长短的变化，一定可以体会出这种道理。在《九歌》中，这是节奏最分明的一首。

河　伯

与女游兮九河，（我跟你到九河去遨游，）

  女：同汝，指河伯。

  九河：古代九河可能特指某九条河流，但这里可以泛指各处的河流。

冲风起兮横波。（暴风掀起了波浪。）

  冲风：暴风。

上篇 神话的世界

横波：起波浪之意。

乘水车兮荷盖，（我们乘着水车，荷叶作车盖，）
  荷盖：以荷叶为车盖。

驾两龙兮骖螭。（驾着两条龙，旁边还有两条螭。）
  骖（cān）螭（chī）：古时四马驾车，旁边的两匹马叫骖。螭，似龙。骖螭，以螭为骖。

登昆仑兮四望，（登上昆仑山纵目四望，）
  昆仑：古时相传为仙山。

心飞扬兮浩荡。（我心在飞扬飘荡。）
  浩荡：形容心胸开阔。

日将暮兮怅忘归，（天快暗了，忘了归去，是这般惆怅，）
  怅忘归：因惆怅而忘了归去。

惟极浦兮寤怀。（望着远岸，心中是多么不舍和眷念。）
  惟：发语词，无义。
  极浦（pǔ）：浦，水滨。极浦，远方的水滨。
  寤怀：心中有所眷念。

鱼鳞屋兮龙堂，（你有鱼鳞屋和龙鳞堂，）
  鱼鳞屋：以鱼鳞为屋。
  龙堂：以龙鳞为堂。

紫贝阙兮朱宫，（又有珍珠和紫贝装饰的宫阙，）
  紫贝阙（què）：阙，门观。紫贝阙，以紫贝壳为阙。

> 朱宫：朱，同珠。朱宫，以珠为官。

灵何为兮水中？（你为何要住这水中？）

> 灵：指河伯。

乘白鼋兮逐文鱼，（乘坐着白鼋，追逐着有斑纹的鱼，）

> 鼋（yuán）：大鳖。

> 文鱼：文，同纹。文鱼，有纹彩的鱼。

与女游兮河之渚，（你我巡游到河中的沙洲边，）

> 河：指黄河。

> 渚：小沙洲。

流澌纷兮将来下。（碰到流冰纷纷地冲泻而来。）

> 流澌（sī）：流动的冰块。

> 纷：众多貌。

子交手兮东行，（你和我握手告别，向东方去，）

> 子：指河伯。

> 交手：握手告别。

送美人兮南浦。（我送你到南边的水滨。）

> 美人：指河伯。古时候美人常指所思念、仰慕之人，男女两性均可用。

> 南浦：水之南岸。

波滔滔兮来迎，（波浪滔滔地来迎接你，）

鱼鳞鳞兮媵予。（鱼儿成群地送我回去。）

鳞鳞：众多貌。

媵（yíng）予：媵，送。予，我，指祭神之巫。

【解析】

　　河伯是黄河的河神。很多人觉得奇怪，楚国在南方，黄河在北方，风马牛不相及，楚国人为什么会祭祀起河伯来呢？也许是黄河太有名了，根据文献资料，楚国人后来也尊敬畏惧起这个北方的神灵。在《九歌》中，这大概是唯一来自北方的神吧（太阳神、云神、命运之神是各地都有的，未必楚国人非从北方"接来"不可，其他的如东皇太一、湘君、湘夫人、山鬼，则纯粹是楚国"土产"）。

　　河伯的祭礼一开始，就是巫者陪伴河伯到处遨游。他们先到各地的河流去游赏：

　　我跟你到九河去遨游，暴风掀起了波浪。我们乘着水车，荷叶作车盖；驾着两条龙，旁边还有两条螭。

　　然后他们直溯众河的源头，登上昆仑山：

　　登上昆仑山纵目四望，我心在飞扬飘荡。天快暗了，忘了归去，是这般惆怅；望着远岸，心中是多么不舍和眷念。

　　前两句（原文：登昆仑兮四望，心飞扬兮浩荡）写登高山远望，确实生动。就是因远望而有一种飞扬飘荡的感觉，才使得巫者舍不得回去。太阳下山了，又不得不走，心中极是惆怅。真是不得不走了，还屡屡回头眺望。

　　然后他们来到了河伯的宫室：

　　你有鱼鳞屋和龙鳞堂，又有珍珠和紫贝的宫阙，你为何要住这水中?

最后一句问得极是突兀好笑,充分表现凡人的好奇与纯真。那仿佛是在说,我们都住在陆地上,你为何要住水中?如果人、鱼可以对话,而鱼问人说:"我们都住水里,你们为何要在陆地盖房子。"那的确也是又可笑又可爱的。

游完了宫室,最后巡行河伯的辖地黄河了:

乘着白鼋,追逐着有斑纹的鱼,你我巡游到河中的沙洲边,碰到流冰纷纷地冲泻而来。

巫者好不容易有机会漫游向往已久的黄河,却遇上了黄河结冰解冻,真是有点扫兴了。

终于,该看的都看了,该分手了:

你和我握手告别,向东方去。我送你到南边的水滨。波浪滔滔地来迎接你。鱼儿成群地送我回去。

最后两句非常生动(原文:波滔滔兮来迎,鱼鳞鳞兮媵予),写分手的情景,很是潇洒,但又有点怅惘。

在《九歌》中这是最平和的一首,人、神关系这么和谐,神从头至尾与人在一起,并不处处显得高不可攀,或故意捉弄人,让人思念得没心没肠,确属难得。也许河伯是北来之神,"强宾不压主",所以对楚国人特别客气吧。

山 鬼

若有人兮山之阿, (好像有人在山角边,)

若：好像。

山之阿（ē）：山的转角处。

被薜荔兮带女罗。（披着薜荔，系着女罗。）

被（pī）：披。

带：束着，系着。

既含睇兮又宜笑，（两眼含情，浅笑宜人，）

含睇（dì）：两眼含情而睨视。

宜笑：笑貌可亲。

子慕予兮善窈窕。（你啊你爱慕我的美好。）

子：指山鬼。予：指祭神之巫。

慕：爱慕。

善：美。

窈窕（yǎo tiǎo）：美好貌。

乘赤豹兮从文狸，（驾着赤豹，后面跟着文狸，）

从文狸：有文狸跟随着。文，同纹，身有花纹。

辛夷车兮结桂旗。（乘着辛夷车，上面系着桂旗。）

辛夷车：以辛夷木为车。

结：系。

桂旗：桂枝所作之旗。

被石兰兮带杜衡，（披着石兰，束着杜衡，）

折芳馨兮遗所思。（你折下芳草想送给思念的人。）

芳馨：芬芳的香草。

楚辞：泽畔的悲歌

以上为巫者所唱，自此以下至篇末皆为山鬼所唱。

余处幽篁兮终不见天，（我住在幽暗的竹林里，老是看不到天啊，）

　　余：指山鬼。

　　幽篁：幽深的竹林。

路险难兮独后来。（山路又险阻，所以来迟了。）

　　后来：来得迟了。

表独立兮山之上，（一个人孤独地站在高山上，）

　　表：独立貌。

云容容兮而在下。（那溶溶的云在下面弥漫着。）

　　容容：同溶溶，形容云流动的样子。

杳冥冥兮羌昼晦，（白天像晚上，多幽暗啊，）

　　杳（yǎo）冥冥：幽暗貌。

　　羌：助词，无义。

　　昼晦：晦，暗。昼晦，是说虽是白昼，但很昏暗。

东风飘兮神灵雨。（东风飘起来了，下起雨来了。）

　　神灵雨：神灵下雨，即天下雨的意思。

留灵修兮憺忘归，（跟你在一起，愉快得忘了回去，）

　　灵修：指祭神的巫者。

　　憺忘归：憺，这里有愉悦的意思。憺忘归，因愉快而忘了归去。

岁既晏兮孰华予？（年纪大了，谁再让我感到生命的美好？）

晏：晚。岁既晏，年岁将尽，有年华老去的意思。

孰华予：孰，谁。孰华予，谁使我感到生命之光华与美好。予，指山鬼。

采三秀兮于山间，（自己一个人在山间采着芝草，）

三秀：芝草。

石磊磊兮葛蔓蔓。（只看到磊磊的乱石和蔓生的葛藤。）

磊磊：石头众多的样子。

蔓蔓：蔓延貌。

怨公子兮怅忘归，（怨恨你啊，惆怅得忘了归去，）

公子：山鬼思念的人。

怅忘归：因惆怅而忘了归去。

君思我兮不得闲。（你是思念我而没空闲来找我吗？）

君：指山鬼所思念的人。

山中人兮芳杜若，（我这山中人如杜若的芬芳，）

山中人：指山鬼。

杜若：如杜若一样的芬芳。

饮石泉兮荫松柏，（饮着石泉，在松柏荫下休息，）

君思我兮然疑作。（你真思念我吗？我不能不怀疑。）

然疑作：作，起。然疑作，起了疑心，是说你是不是思念我，我有点怀疑。

雷填填兮雨冥冥，（雷声隆隆，细雨昏冥，）

> 填填：雷声。
>
> 雨冥冥：因下雨而幽暗起来。

猿啾啾兮狖夜鸣。（猿猴啾啾地哀鸣。）

> 猿：即猿。
>
> 啾啾：猿鸣声。
>
> 狖（yòu）：古书上说的一种长尾猴。

风飒飒兮木萧萧，（风声飒飒，木叶萧萧，）

> 飒飒（sà）：风声。
>
> 萧萧：风吹树木声。

思公子兮徒离忧。（想念你啊，心中充满了忧愁。）

> 离忧：离，同罹，遭遇。离忧，即心怀忧愁。

【解析】

在《九歌》中，山鬼是极特殊的神灵，因为她到底是不是"神"都很值得怀疑。她既然是山"鬼"，应该就不是一般所谓的"神"了。但又有人说，古代鬼、神两字是可以互相代用的，山鬼就是山神的意思。就歌辞来体会，这种讲法似乎不太妥当。山鬼的确是"鬼"，不同于东皇太一、东君、云中君、大司命、少司命、湘君、湘夫人、河伯等一类的"神"。就因为她是鬼，所以整首歌才表现一种截然不同的特殊气氛。在这里我们可以看到，楚国人不但祭祀一般所谓的"神"，同时他们也祭祀山鬼这个特殊的"鬼"。

就是因为山鬼是"鬼",所以本篇的人神恋爱也跟其他各篇特别不同。其他各篇是人恋神,本篇却是神恋人。不,应该说是鬼恋人才对。山鬼可能是一种山中的精灵,时常在深山中出现,媚惑过往的行人,所以整篇才表现出鬼恋人的缠绵的情致。对于本篇的解释,大部分的人都认为还是以主祭的男巫在追求山鬼为主,但也有少数人认为应该是山鬼在思念主祭的男巫。从山鬼的特殊性质来看,似乎后面一种讲法要比较妥当。

一开始是由巫者先唱,他描述山鬼的装扮:

好像有人在那山角边,披着薜荔,系着女罗,两眼含情,浅笑宜人,你啊你爱慕我的美好。

第一句的猜测语气(原文:若有人兮山之阿),正表示山鬼的扑朔迷离,让人不能确定她是否真在那里。第三句描写山鬼的形貌,原文是:"既含睇兮又宜笑",简直是倾国倾城的美女。鬼可以是美女,可见自古以来人类即有这样的想象,许多鬼故事中凄艳迷离的恋爱,恐怕是古已有之的吧!你看,眼前这位"含睇宜笑"的山鬼,就在爱慕着人间的人(由主祭的男巫代表)。

巫者又进一步唱出山鬼的行动:

驾着赤豹,后面跟着文狸;乘着辛夷车,上面系着桂旗。你披着石兰,束着杜衡,折下芳草想送给思念的人。

前面是"若有人兮",还看不清楚她的一切,现在她清楚地显现在祭坛上了,她的车驾都可以一览无遗了。你看她还"折芳馨兮遗所思",真是一往情深的样子。现在,她开始唱了。从那山边开始出现时,我们一直屏息注视着她。我们可以想象,当男巫从开始到唱出山鬼的现身时,气氛一定特别沉静而神秘。现在,那吸引大家注意的山鬼,终于开口唱了起来,歌声是那么哀艳动人:

我住在幽暗的竹林里，老是看不到天啊；山路又险阻，所以来迟了。

原来她迟到了，没有见到情人。她诉说她的居处："余处幽篁兮终不见天"，又诉说沿途"路险难兮"，真是楚楚可怜。然而，一个人，尤其是弱女子而住在幽暗的竹林里，也正足以显示她那山"鬼"的本质。

现在，她确是来晚了，约好的情人早已走了，你看她孤独无依地站在高山之上：

> 表独立兮山之上，
> 云容容兮而在下。
> 杳冥冥兮羌昼晦，
> 东风飘兮神灵雨。

> 一个人孤独地站在高山上，
> 那溶溶的云在下面弥漫着。
> 白天像晚上，多幽暗啊，
> 东风飘起来了，下起雨来了。

这里以冥冥的天地与风雨来衬托高山上女子的孤弱堪怜，把前面山鬼那楚楚的诉说又进一步地强化了，我们对山鬼的同情之心也油然而生。

然而，似乎她的情人并没有走，或者又回来找她了，他们终于见面了（可以想象，在祭祀的场合应是扮山鬼的女巫和扮主祭的男巫会见了）。于是她唱出了下面两句：

上篇 神话的世界

跟你在一起,愉快得忘了回去;年纪大了,谁再让我感到生命的美好?

这真是长久没得到爱情滋润的女子幽怨的话语。"年纪大了,谁再让我感到生命的美好(原文:岁既晏兮孰华予)?"一方面表达现在见面的欣慰,但也为以往的青春虚度感到悲哀,又恐怕这欢会的时光也只是片刻,马上又要回复那深闺的寂寂与漫漫的长日了。"岁既晏兮孰华予?"真是得不到爱情或没有安定的爱情的女子最动人的心声。

果然,这一次短暂的会面后,她的情人又长久不来找她了(这时,祭坛上男巫离开,只剩山鬼一人)。她现在又回到深山中一人独居的情景了:

自己一个人在山间采着芝草,只看到磊磊的乱石和蔓生的葛藤。

那乱石磊磊和葛藤蔓延,不正象征她内心的凌乱与郁结吗?想到那音信全无的人,真使人恨啊:

怨恨你啊,惆怅得忘了归去,你是思念我而没空闲来找我吗?

她还在自我宽慰,还在替他设想,设想他不至于这么负心。然而,想着想着,真压不住心头的幽怨与心酸。是我不好吗?为什么不来找我:

我这山中人如杜若的芬芳;饮着石泉,在松柏荫下休息。

这么孤芳皎洁的人,为何你要遗弃?"山中人兮芳杜若",真是那命运不好的女子最深沉的怨——自己没有一点不及别人,而为何你要抛弃了我。所以啊:

你真思念我吗?我不能不怀疑。

· 069

楚辞：泽畔的悲歌

　　这里她已经无法自我安慰，已无法替对方找出长久不来的理由，她真是不能不怀疑对方的真心了。

　　最后的四句，又是用自然界的幽暗与风雨来烘托山鬼的心境：

　　　　雷填填兮雨冥冥，
　　　　猨啾啾兮狖夜鸣。
　　　　风飒飒兮木萧萧，
　　　　思公子兮徒离忧。

　　　　雷声隆隆，细雨昏冥，
　　　　猿猴啾啾的哀鸣。
　　　　风声飒飒，木叶萧萧，
　　　　想念你啊，心中充满了忧愁。

　　这最后四句，用字非常讲究。一连串的重叠字，填填、冥冥、啾啾、飒飒、萧萧，正如李清照的"寻寻觅觅，冷冷清清，凄凄惨惨戚戚"，真是要把人的愁绪逼到尽头而后已。所以接着说："思公子兮徒离忧。"这思念，真是那飒飒萧萧、冥冥啾啾，真是无穷无尽啊。

　　如果不当作祭神歌，单纯从情诗的角度来看，这真是一首了不起的描写失意女子的情歌。两千多年前的楚国人能把人神恋爱（这里可以说"人鬼恋爱"）写到这样哀艳动人，也足见他们性格之浪漫与想象力之丰富了。

国 殇

操吴戈兮被犀甲,（手拿着吴戈,身披着犀甲,）

　　　　操：持,拿。

　　　　吴戈：吴国所制之戈。

　　　　被（pī）：披。

　　　　甲：犀牛皮所制之胸甲。

车错毂兮短兵接。（战车轮轴交错,双方短兵相接。）

　　　　车错毂（gǔ）：毂,车轮中心的圆木。车错毂,是说战车相迫,轮毂交错。

旌蔽日兮敌若云,（旌旗遮蔽了太阳,敌人如云似的众多,）

　　　　旌蔽日：旌旗遮蔽了太阳。

　　　　敌若云：形容敌人之多。

矢交坠兮士争先。（箭纷纷地坠下,战士个个奋勇争先。）

　　　　矢交坠：箭纷纷地下落。

凌余阵兮躐余行,（敌人侵犯了我们的阵地,践踏了我们的行列,）

　　　　凌：侵犯。

　　　　阵：战阵。

　　　　躐（liè）：践踏。

　　　　行：行列。

左骖殪兮右刃伤。（左边的马死去了,右边的也受了伤。）

左骖（cān）：骖，一车四马，两旁的马叫骖，左边的叫左骖。

殪（yì）：死。

右刃伤：右，指右骖，右边的马。右刃伤，右骖为刀刃所伤。

霾两轮兮絷四马，（战车车轮陷住了，马被绊住跑不动了，）

霾两轮：霾，同埋。霾两轮，是说车轮陷入土中。

絷（zhí）四马：絷，绊住。絷四马，是说车子陷住，拉车的四匹马都被绊住，不能跑动。

援玉枹兮击鸣鼓。（拿起鼓槌来大声地擂着鼓。）

援：拿起。

玉枹（fú）：枹，鼓槌。玉枹，以玉装饰的鼓槌。

天时坠兮威灵怒，（天时不利，鬼神发怒，）

天时坠：是说天时不利。

威灵：指鬼神。

严杀尽兮弃原野。（我方的战士死伤殆尽，尸体被抛弃在原野上。）

杀尽：是说战士被杀殆尽。

出不入兮往不反，（走出国门，永不复返，）

反：同返。

平原忽兮路超远。（这空旷的平原，回家的路是多么遥远。）

忽：空旷无际。

超远：遥远之意。

上篇　神话的世界

带长剑兮挟秦弓，（带着长剑，挟着秦弓，）

　　挟（xié）：夹持。

　　秦弓：秦国所制之弓。

首身离兮心不惩。（纵然身首异地，心却毫不后悔。）

　　首身离：首，头。首身离，即身首异地。

　　惩（chéng）：后悔。

诚既勇兮又以武，（真是既有勇气，又有武艺，）

　　诚：实在。

　　勇、武：勇，指勇气足；武，指武艺强。

终刚强兮不可凌。（始终刚强不屈，不可侵犯。）

　　终：终究，毕竟。

身既死兮神以灵，（身虽然死了，精神却不朽，）

　　神以灵：精神不死之意。

子魂魄兮为鬼雄。（你的魂魄啊，是鬼中的雄豪。）

　　鬼雄：鬼中的雄杰。

【解析】

　　这首《国殇》祭祀的也是鬼，战死的鬼。但为国牺牲的人，自有一种庄严的地位，这鬼虽是鬼，人类却将他们敬若神明。

　　在《九歌》里，《国殇》可能是最好懂的一首。这里没有人神纠缠的问题，有的只是楚国人对战死者庄严的礼赞：

　　手拿着吴戈，身披着犀甲；战车轮轴交错，双方短兵相接。

旌旗遮蔽了太阳,敌人如云似的众多。箭纷纷地坠下,战士个个奋勇争先。

这第一段写战争的开始,双方的接触,战士的奋不顾身。

敌人侵犯了我们的阵地,践踏了我们的行列。左边的马死去了,右边的也受了伤。战车轮陷住了,马被绊住,跑不动了;拿起鼓槌来大声地擂着鼓啊!天时不利,鬼神发怒;战士们死伤殆尽,尸体抛弃在原野上。

以上第二段写己方的战败,与战士的为国牺牲。第三、四句描写战车陷住,战士还擂鼓助阵毫不畏缩的情景,真是令人肃然起敬。

　　　　出不入兮往不反,
　　　　平原忽兮路超远。

　　　　走出国门,永不复返;
　　　　这空旷的平原,回家的路是多么遥远。

这第三段的开头两句,写大战之后平原的空旷,想象尸体横陈的战士再也不能回家,何况路途是那么遥远。虽是哀悼,但丝毫没有伤感的气氛。这是一种为勇士们敬礼的哀悼。所以底下接着说:

带着长剑,挟着秦弓;纵然身首异地,心却毫不后悔。

这一整段,描写漫漫的平原上充满着战死者的英气,仿佛那无头的战士,达"带着长剑,挟着秦弓",傲然大踏步地行走于其上。这一段充满了战死者的威严。

真是又有勇气,又有武艺;始终刚强不屈,不可侵犯。身虽然死了,精神却不朽;你的魂魄啊,是鬼中的雄豪。

这最后一段是纯然的赞叹,对于死者最敬重的赞叹。

这首《国殇》的节奏极为特殊,从头至尾都是"×××兮×××"(请参阅原文)。在《九歌》中,这是最常用的句法。《九歌》中整首用这种句式的,就只有《国殇》了。句子长,可以想见节奏一定缓慢,但缓慢并不表示无力。配合文字与内容,我们慢慢地念诵《国殇》,自能体会其中那种缓慢中有庄严、庄严中有力量的节奏。这可能是《九歌》中最严肃的一首祭神歌。

礼 魂

成礼兮会鼓,(祭礼结束,众鼓齐鸣,)
  成礼:礼成,指祭礼结束。
  会鼓:众鼓齐响。

传芭兮代舞,(传递着香草,轮流起舞,)
  传芭兮代舞:是说一人持香草而舞,舞毕传给他人,如此轮流下去。芭:香草。代:轮替之意。

姱女倡兮容与。(美丽的女巫唱着歌,态度安详。)
  姱(kuā):美好貌。
  容与:舒徐安详的样子。

春兰兮秋菊,(春天有兰草,秋天有菊花,)

长无绝兮终古。(希望这祭礼永不间断流传下去啊!)

楚辞：泽畔的悲歌

【解析】

一连串地祭祀过东皇太一、云中君、湘君、湘夫人、大司命、少司命、东君、河伯、山鬼、国殇，现在祭礼要完全结束了。这礼魂是整套祭神典礼的尾声。

礼魂虽然短，却非常庄严，非常生动。从前三句我们可以想象这时其他乐器一概停止，只有众鼓齐鸣，而在有力有节奏的鼓声中，所有美丽的女巫围成一圈，轮流地拿着香草到场中心跳着舞，一面跳舞还一面唱着歌。一人跳完了，传给另一人接替下去。而那旁边的人，看那一个个的女巫既美丽又舞姿不凡，不禁赞叹："姱女倡兮容与。"

从最后两句，我们又可以想象，楚国人一连串的祭神大典很可能是分春、秋两季举行。春天有兰草，秋天有菊花，他们季季用兰草或菊花祭祀。每年有春天、秋天，每年有兰草、菊花，他们也希望他们的祭典，能像春兰、秋菊一样，永恒的绵亘下去。

这《礼魂》刚好和《国殇》相反，整首以"××兮××"的句法为主体。这句法短截而有力，而全篇又短，只有五句，你念念看：

成礼兮会鼓，传芭兮代舞，姱女倡兮容与。
春兰兮秋菊，长无绝兮终古。

全文分成两截。先是短短的两句，再以"姱女倡兮容与"稍微顿住；然后又是短短的一句，再以较长的"长无绝兮终古"顿住。然后就全然顿住，再无下文了。全首短截有力而能造成余音袅袅之势，确实是最好的尾声了。漫长的祭神典礼，而有这样短而有力的结尾，这种对比，也真是令人赞叹楚国人艺术想象力的丰富。

三、魂兮归来——《招魂》

记得小时候掉到水里去,让人救起来了,母亲请隔壁的阿婆替我"收惊"。阿婆叫我坐在椅子上,她用祭神的小瓷酒杯装了生米,用小布巾包了,拿在手上,在我头上绕圈子。每绕一圈,就叫着我的小名说:"阿明回来啊!免惊啊!阿明回来啊!"好像就记得阿婆只念这几句,念了几遍,就跟母亲说没事了。我们跟阿婆道谢,就回家了。我不知道掉下水时,我的灵魂是不是吓得飞走了,也不知道阿婆是否把他叫回来了。只知道第二天我又赶着鹅群到昨天掉下水的溪边去了。

这就是招魂,最简单的招魂。差不多每一个地方,每一个民族,只要仍然保存了较原始的宗群色彩,都有这种招魂仪式,只是繁简不同罢了。譬如说,缅甸卡兰人就有这样的招魂辞:

呼噜……归来吧,灵魂,不要逗留在外边!如果下雨了,你会被打湿;而当太阳升起来了,你会酷热难当。蚊蚋会螫你,水蛭会吸你的血,老虎会吞掉你,雷电会击毙你!呼噜……归来吧,灵魂。在这里,你会觉得舒适而别无他求。归来呵!归来!回到这远离暴风、远离雷雨的遮蔽处,好好享受你的吃食。

比起来,我们阿婆的"收惊"辞实在太简单、太落伍了。但卡兰人的这首招魂辞,比起《楚辞》里的两首招魂歌(《招魂》《大招》)来,又显得逊色了。《楚辞》里的《招魂》和《大招》，真可说是篇幅长，场面"浩大"，富丽堂皇得很。

这两首招魂歌，一开始就叫灵魂不要到东方去，东方多可怕；不要到南方去，南方多吓人；不要到西方去……不要到北方去。然后就说，回来啊，回到家里来，家里多好，房子多漂亮，东西多好吃等等。里面写宫室真是美得很，写吃食真是山珍海味，无所不有，好像非把飘荡在外面的灵魂引诱回来不可。可以想象，这一定是楚国贵族所使用的招魂歌。又可以推测，这两篇一定经过文人的润色，不是原始招魂歌的形式。

这两首招魂歌里，《招魂》一篇尤其出名。很多人以为这是屈原写的。他们为什么会有这种看法，在我们读过整首《招魂》以后，再做说明。至于《大招》，因为较不著名，形式又和《招魂》差不多，我们就不介绍了。

介绍《招魂》时，大部分只有白话译文，而且采取比较自由的翻译方式。其中有两段，因为文辞较美，或者比较重要，译文之外还附上原文和注释。从这首歌里，我们除了可以认识楚国贵族的招魂仪式，还可以从中了解这些贵族的种种生活习惯，譬如宫室和种种吃食、娱乐等，很有一读的价值。

　　　　我自幼就清高、廉洁，按照义理行事，不敢稍有违背。我有这样的盛德，却受了世俗的影响，不能加以发扬。君上没有注意到我这样的美德，使我常常遇上祸灾，心怀愁苦。
　　上帝告诉巫阳说："地上有个人，我想帮他。他的魂魄离散了，你帮他找回来吧！"巫阳回答道："这是掌梦之官的职责，你的命令恐怕很难达成。如果一定要招回他的魂魄，就必须赶快去做，再迟的话，他的身体枯萎了，就没有用了。"
巫阳于是迅速地到人间来招魂，他说：

以上是招魂歌的序文。很多人根据这一段话，证明这首招《魂歌》是屈原作的。屈原被放逐以后，因长期愁苦，失魂落魄，所以借用招魂的仪式，写了这首歌替自己招魂，希望使自己振作起来。又有人说，这是屈原替死在秦国的楚怀王招魂。又有人说，是屈原的后辈宋玉替屈原招魂。

魂兮归来，（灵魂回来啊，）

去君之恒干，（为何离开你的身体，）

　　去：离开。

　　恒干：恒，常。干，躯干。恒干，指身体。

何为四方些？（跑到四方去了？）

　　些：语助词，相当于"兮"。

舍君之乐处，（为何舍弃你的居处，）

　　舍：同舍，舍弃。

　　乐处：安乐的居处。

而离彼不祥些？（而遭遇到那么多的不祥？）

　　离：同罹，遭遇。

魂兮归来，（灵魂回来啊，）

东方不可以托些。（东方不可以住啊。）

托：寄托，即居住的意思。

长人千仞，（那里有长人千仞，）

仞（rèn）：八尺为一仞。千仞，形容极高。

惟魂是索些。（专门捕捉灵魂啊。）

索：求。

十日代出，（十个太阳轮流出现，）

代出：轮流出现。

流金铄石些。（把金、石都消融了啊。）

流金：使金属熔化。流，当动词用。

铄石：使石头销铄。

皆彼习之，（那里的人都习惯了，）

彼：指住在那里的人。

习：习惯。

魂往必释些。（你去了一定会消失啊。）

释：消解，这里有丧失的意思。

归来兮，（回来啊，）

不可以托些。（不可以住啊。）

魂兮归来，（灵魂回来啊，）

南方不可以止些。（南方不可以去啊。）

雕题黑齿,(那里的人画着额头,露出黑齿,)
> 雕题:题,额头。雕题,在额头上刻画图案。

得人肉以祀,(拿人肉来祭祀,)

以其骨为醢些。(拿骨头来作酱啊。)
> 醢(hǎi):肉酱。

蝮蛇蓁蓁,(大蛇群聚在一起,)
> 蝮(fù)蛇:大蛇。
> 蓁蓁:形容蛇群聚在一起的样子。

封狐千里些。(大狐绵延千里啊。)
> 封:大。
> 千里:形容封狐之多,绵延千里。

雄虺九首,(雄虺九个头,)
> 虺(huǐ):蛇之一种。

往来倏忽,(往来迅速,)

吞人以益其心些。(吞人来填饱肚子啊。)
> 益:同溢,吃饱的意思。

归来兮,(回来啊,)

不可久淫些。(不可以久住啊。)
> 淫(yín):久住。

魂兮归来,(灵魂回来啊,)

楚辞：泽畔的悲歌

西方之害，（西方有祸害，）

流沙千里些。（流沙千里啊。）

旋入雷渊，（人会旋入雷渊，）
> 雷渊：神话中的深渊。

麋散而不可止些。（碎烂而一直往下掉啊。）
> 麋（mí）：碎烂。

幸而得脱，（侥幸逃脱了，）

其外旷宇些。（外面也是千里旷野啊。）
> 旷宇：广大的平野。

赤蚁若象，（赤蚁如象，）

玄蜂若壶些。（黑蜂如瓠瓜大啊。）
> 壶：瓠。

五谷不生，（五谷不生，）

藂菅是食些。（只能吃草茅啊。）
> 藂菅（jiān）：藂，同丛。菅，茅。

其土烂人，（泥土会使肌肉溃烂，）
> 烂：动词，使人腐烂。

求水无所得些。（要水也无处寻找啊。）

彷徉无所倚，（渺渺茫茫，没有依靠。）

彷徉：无所依靠的样子。

倚：依靠。

广大无所极些。（广大无边，无穷无尽啊。）

极：至，穷尽。

归来兮，（回来啊，）

恐自遗贼兮。（恐怕有灾害啊。）

遗贼：遇到灾害。

魂兮归来，（灵魂回来啊，）

北方不可以止些。（北方不可以去啊。）

增冰峨峨，（重重的冰巍巍峨峨，）

增冰：层冰。

峨峨：形容冰雪之高。

飞雪千里些。（飞雪千里归来。）

归来兮，（回来啊，）

不可以久些。（不可以久住啊。）

魂兮归来，（灵魂回来啊，）

君无上天些。（你不要到天上去啊。）

虎豹九关，（那里有虎豹守着九重关，）

啄害下人些。（会吃下界的人啊。）

楚辞：泽畔的悲歌

啄：这里有"啮咬"的意思。

一夫九首，（有个人长了九个头，）

拔木九千些。（每天能拔九千棵大树啊。）

豺狼从目，（豺狼竖目看人，）

往来侁侁些。（往来声音阴森怕人啊。）

侁侁（shēn）：形容豺狼走动的声音。

悬人以嬉，（把人吊起来嬉戏，）

投之深渊些。（再投入深渊啊。）

致命于帝，（向上帝报告后，）

致命：报告的意思。

然后得瞑些。（才会安眠啊。）

归来！（回来！）

往恐危身些。（去了恐怕有危险啊。）

魂兮归来，（灵魂回来啊，）

君无下此幽都些。（你不要到幽都去啊。）

幽都：后人所认为的地狱。幽，暗。幽都，幽暗之地。

土伯九约，（土伯九条尾巴，）

土伯：幽都之王。

约：尾巴。

上篇　神话的世界

其角觺觺些。（角又极其犀利啊。）

　　觺觺（yí）：形容角之锐利。

敦脄血拇，（厚厚的背，拇指染血，）

　　敦脄（méi）：敦，厚；脄，背。

　　血拇：拇：拇指。血拇，是说拇指沾有血迹。

逐人駓駓些。（快速地追逐着人啊。）

　　駓駓（pī）：行走迅速的样子。

参目虎首，（三只眼睛，头像老虎，）

其身若牛些。（身躯像牛啊。）

此皆甘人，（这些都会吃人，）

　　甘人：吃人。

归来，（回来，）

恐自遗灾些。（恐怕有灾祸啊。）

　　遗灾：遇到灾害。

【解析】

　　以上招魂歌的第一大段，描述东南西北四方及天上、地下的灾害，叫灵魂不要去，要赶快回来。往四方上下招魂，似乎是一般招魂仪式中常见的情形，只是这里描写得极其生动。那一句句的"回来啊"，真是动人心魄，可以想见招魂的家人之惊慌与焦急；也可以看出，较早的人类，在意识到自己灵魂不在时，那种惶恐与不安。

楚辞：泽畔的悲歌

灵魂回来啊，进入郢都（楚国都城）的修门（郢都城门）。巫祝在召唤你，后退着引导你。秦国的竹笼，上面装饰着齐国的丝线，还有郑国的招魂幡。招魂的用具都齐备了，又长声地呼唤你回来。

从四方上下招过灵魂后，现在招魂的巫祝，一面后退着，一面手中拿着竹笼（据说可让灵魂待在里面）和招魂幡，长声地叫着灵魂，引他进入楚国的郢都。从这里大致可以看到楚国招魂的情形。

灵魂回来啊，回到故居啊。天地四方，到处都有害人的东西。这里布置了你的房子，又安静又舒适。高堂邃宇一层又一层，还有高大的栏杆。亭台楼阁，面临着高山。门窗上刻着方形的花纹，涂上丹朱的颜色。冬天有温暖的深堂大厦，夏天的居室又清凉。溪水环绕，流水潺湲。明媚的风吹着蕙草，又摇动那高高的兰草。经过厅堂，来到内室，头上是朱红的天花板。平整光滑的墙壁上，装饰着翡翠羽毛，悬挂着玉钩。那翡翠珠被，灿烂发光。细缯糊在卧榻的壁上，又张挂起罗帐。五彩的丝缕，纤细的绮缟，挂着漂亮的美玉。

室中的陈设，都是珍奇之物。室内燃起了兰膏明烛，有漂亮的美女。二八佳人明艳动人，各地的淑女，人数众多，头发梳起不同的样式，她们住满了宫室。仪态美好亲切，无比的温顺。容貌楚楚动人，心志非常坚定，她们都想接近你。容貌美，体态好，她们住满了卧房。细细的眉毛，明亮的眼睛。细致的脸庞，细腻的肌肤，那眼波多么含情。

上篇　神话的世界

　　有高大的别墅，长长的帷幕，让你闲暇时休息。翡翠的帷帐，挂在高堂里，朱红的墙壁，丹砂的墙版，黑玉装饰着栋梁。仰头可以看到屋梁上，刻着龙蛇的图案。坐在厅堂上，靠着栏杆，可以俯视那曲折优美的池塘。池塘里芙蓉刚刚开放，还掺杂着菱与荷。紫茎的水葵，叶上的光彩随波荡漾。穿着虎豹衣饰的勇士，侍立在长阶上。轻车准备好了，步骑罗列成行，等待着你回来。门外一丛丛的兰花，篱笆是一排排的琼树。灵魂回来啊，不要到远方去哟！

以上一大段，写宫室，写美女，写别墅，想以宫室之美，佳人之众，引诱灵魂回来。

　　家族兴旺富厚，饮食很丰盛。有稻、稷、穛（zhuō）麦，还掺杂着黄粱。苦、咸、酸、辛辣、甘甜，各种调味都有。肥牛的筋肉，又熟烂又芳香。那美好的吴羹，调和着酸味和苦味。煮的鳖、烤的羊，又有甘蔗浆。酸味的鸿鹄、少汁的野鸭，还煎了鸿雁和鸧鹤。有野鸡、有蠵（xī，大龟）羹，味道极鲜极好。有粔籹（jù nǚ，甜饼）、蜜饵（甜糕），还有那怅餭（zhāng huáng，干饴）。白玉似的酒浆，蜜制的甜酒，斟满了羽觞（一种酒杯）。滤过的酒又清又冰冷，多清凉的美酒。漂亮的酒杯都已经摆上了，还有那琼玉似的酒浆。回来，回故居啊，大家都尊敬你，对你没有妨害。

以上夸张饮食的美好，以吸引灵魂回来。

· 087

楚辞：泽畔的悲歌

酒席还没摆好，女乐就已经出来了。敲着钟，擂着鼓，唱出了新曲子。有"涉江"，有"采菱"，还唱着那"扬荷"之歌。美人喝醉了酒，朱颜酡（tuó）红。那戏谑睨视的眼光，像一层层的波浪啊。穿着绫罗绮绣，多么美丽啊。长发耀目，多艳丽美好。那二八佳人，同样的装扮，跳起郑舞来了。长袖飞舞，像交错的竹竿，又俯下身子啊。竽、瑟拼命地奏着，鼓声敲得咚咚地响。整个宫廷震荡啊，唱出激昂的楚歌，又唱着那吴、蔡的歌曲，奏出大吕的调子。

男、女不分开，大家杂坐在一起。满地的组缨冠缨，依次排列着。郑、卫的新曲子，纷纷地演奏着。激昂的楚歌，尾声盖过了所有歌声。菎蔽、象棋，还有六簙（均赌具）等种种游戏。分边对抗，局势多么紧急。得了"枭"可以赢双倍，又大叫着要"五白"出现（枭、五白都是赌赛里最高的彩头）。晋国的犀比（赌具），更是令人终日沉迷。敲着钟，摇动了钟架，又弹着梓瑟。喝酒娱乐，日夜不停。燃着兰膏明烛，又摆设了漂亮的华灯。费尽巧思的诗篇，像兰草一样的芬芳。心有所感，大家共同的赋诗，尽兴地喝酒，朋友故旧一同欢乐。灵魂回来，回故居啊。

以上铺张酒宴中的歌舞、游戏，以诱引灵魂回来。招魂歌的主体，至此结束。我们可以看得出来，一首招魂歌大致可以分成两部分。先是形容大地四方（外面世界）的可怕，再描写人间欢乐的可喜。不止古代的楚国如此，各地的招魂辞大概都是这个样子，但是楚国人把招魂的陈设与仪式夸张得这样的富丽堂皇，也是难得一见。由此也可以看出，当时楚国贵族文化的一般情形。

乱曰：（尾声：）

    乱：歌辞的尾声叫作"乱"。

献岁发春兮，汨吾南征。（一年又开始，春天来到，我迅速地往南行。）

    献岁：一年开始叫献岁。

    汨（gǔ）：迅疾的样子。

菉蘋齐叶兮，白芷生。（菉、蘋叶子都已长大，白芷嫩芽初生。）

    齐叶：叶子长得一样大。

路贯庐江兮，左长薄。（沿路经过庐江，左边是绵延的草丛。）

    贯：经过。

    庐江：地名。

    长薄：薄，草丛。长薄，绵延的草丛。

倚沼畦瀛兮，遥望博。（停在池泽田畴边，遥望着一片平原。）

    倚沼畦（qí）瀛：倚，依、靠。沼，池沼。畦，田界。

    瀛，池泽。整句是说，站在池边与田边。

    遥望博：博，平。遥望博，遥望过去，只见一片平野。

青骊结驷兮，齐千乘。（当年，我驾着青骊驷马，有千乘同行。）

    青骊（lí）：青黑色的马。

    结驷：古代一车四马，连成拉车的四马。

    齐千乘：是说千乘马车一起出发或行进。

悬火延起兮，玄颜烝。（火把绵延数十里，火光照亮了天边。）

    悬火：指火把。

    延起：是说火把绵延得极长。

玄颜烝（zhēng）：玄颜，指天色暗。烝，火气上升。玄颜烝，是说火把将暗暗的天色照亮了。

步及骤处兮，诱骋先。（看着队伍的速度，我在前面领路。）

步及骤处：步，步子，引申为速度。及，跟上。骤，驰骤。处，停止。整句是说，自己奔驰的速度配合后面队伍的快、慢。

诱骋先：诱，引导。骋，驰骋。诱骋先，在前面引导。

抑骛若通兮，引车右还。（有时喊住队伍，顺着通路，驾车往右走。）

抑骛若通：抑，止。骛，驰。若，顺。整句是说，止住队伍，观察地形，从平顺通达的路走下去。

引车右还：引车，驾车。还，同旋。整句是说，驾着车子往右转。

与王趋梦兮，课后先。（又和君王趋赴大泽，比赛先后。）

王：指楚王。

趋梦：梦，大泽。趋梦，到大泽去。

课后先：比赛看谁快。

君王亲发兮，惮青兕。（君主亲自发射，惊动了青兕。）

发：射。

惮青兕（sì）：惮，惊。兕，野牛。惮青兕，惊动青色的野牛。

朱明承夜兮，时不可以淹。（黑夜过了，白天来了，时间匆匆地过去。）

朱明承夜：朱明，日，这里指白天。承，接续。整句是说，夜晚过去了，白天跟着来了。

090

淹：久。

皋兰被径兮，斯路渐。（皋兰遮没了道路，这路日渐地沉埋。）

　　皋（gāo）：水泽。

　　被径：被，盖。被径，是说草长得盖住了路。

　　斯路渐：斯，此。渐，没。斯路渐，是说所走之路已为皋兰所遮没。

湛湛江水兮，上有枫。（湛蓝的江水啊，江上种满了枫。）

　　湛湛：水深蓝的样子。

目极千里兮，伤春心。（目极千里啊，那春景触动了愁心。）

　　伤春心：春至而伤感。

魂兮归来，哀江南。（灵魂回来啊，不要再逗留在可哀的江南。）

【解析】

　　这一段尾声，正如最前面的序文，是一般招魂歌所没有的。一些学者往往根据这两段证明这篇《招魂》是屈原所作。他们说，在序里，屈原想透过一般的招魂仪式来招自己失魂落魄之魂，这我们在前面已看到了。而这一段尾声，一般解释为，屈原描写他在江南放逐之地，回忆昔日与楚王一同狩猎的情形。按照这个观点来解释，这一段的确写得非常好。春天来到江南，屈原一路行来，不觉触动愁怀。在远望之中，心思渐渐缥缈起来，仿佛自己又回到当年夜猎的情景中。然后是一小段描写夜猎的文字。这一小段文字，又以"朱明承夜兮，时不可以淹"，以时间的飞逝又接回现实,接得极其自然,正如前面以"遥望博"一句牵起回忆之线一样。根据序和这一段尾声来看,说这篇《招魂》是屈原所作,是相当有说服力的。然而,从中间招魂辞的主体,我们仍然可以看到楚国的招魂仪式和楚国贵族的生活状态。把它当作了解楚国文化的文献来读,还是可以的。

四、我问苍天——《天问》

《天问》是一篇很奇怪的文章,全篇从头至尾总共包含了一百七十二个疑问,其中有问天地开辟的,有问天文与自然现象的,有问天地间奇异事物的,而问得最多的是神话、传说与历史。从前的人认为这一篇也是屈原的作品。他们说,屈原被放逐以后,心里充满了愤懑与不平,所以借着这许多问题来询问苍天,以寄托自己的心意。

这样的说法,似乎不太能令人满意。所以近代有很多人认为,这一篇文章根本跟屈原没有关系,只是楚国人对于自然界与人事界一些好奇的疑问。不管怎么说,从《天问》里,我们确实可以知道楚国人对于天地、神话与历史的一些看法。这可以说是战国时期的楚国人各类知识的总汇。

《天问》可能是《楚辞》里最难懂的一篇,里面有很多文字实在很难解释,很多事情我们也不太清楚,学者们的注释往往也只是猜测而已。《天问》又不是很有组织的一篇文章,常常一件事情分在好几处问,而历史问题也不完全是按着时代的顺序问下来

上篇 神话的世界

的。就文字的表现而言,《天问》并不是第一流的文学作品。不过,正如前面所说的,从这里我们可以知道两千几百年前楚国人对于很多事情的看法,所以还是值得一读。

下面我们将采取很自由的翻译方式(有很多地方不好懂,是勉强译出来的),并在各段之后稍加说明。为了让大家看看天问的"真面目",我们在最后附上两段原文和较为严谨的翻译,并加以注释。

宇宙最古、最早的情形,谁传述下来的?天地还没有形成,怎能了解当时的情景?混混沌沌的一片,谁又能追究当时的一切?天地间只是浩浩的元气,怎能分辨事物?在明明暗暗的气流中,宇宙又有怎样的生灭变化?阴阳二气和天地的和合,终于生长出万物,怎么会有这和合?和合之后,天地又是如何变化的?

以上第一段,从天地的混沌一直问到万物生长出来。

九重的圆天,是谁经营设定的?又是谁有这样的功力去建造?天的旋转,靠着纲维(大绳子)系在地上作为旋转的主轴,这纲维系在什么地方?天极不移的地方,又是架在哪里?地上有八座山做柱子撑住天,这八座山又是在何处?东南方的柱子倾斜了,为海水所淹没,为什么这大柱会崩坏?九天的边缘安放在什么地方?天有许许多多的角隅,到底有多少?

以上所问完全跟天有关系。古人的天文观念跟我们不一样,从这里也可以看出来。

楚辞：泽畔的悲歌

天体中日月的运转与会合，是怎样的呢？为什么一年可以划分为十二个月？日月星辰又是怎样的摆放在天体之中？太阳早上从汤谷出来，晚上沉没到蒙水的水滨；从白天到晚上，到底走了多少里路？月亮到底有什么特殊之处，为什么能够死而复生（指月的盈亏）？月亮到底有什么好处，为何兔子要藏在里面？

以上问日月星辰。

女歧（神女）没有结婚，怎么会有九个孩子？

带来疾疫的厉鬼伯强（厉鬼之名）在什么地方？能使阴阳调和的惠气又是在哪里？

什么地方关了，天才暗下来？什么地方开了，天才明亮起来？角宿星还没有出现，天还没亮以前，太阳的精灵到底藏在何处？

以上三小段各自独立，较为零散。

尧本不愿命鲧（gǔn）治理洪水，众人为什么推举他？大家都说："何必担心，让他试试又何妨！"鲧看到鸱的飞翔和龟的曳尾而行，怎么会悟出治水的方法？照着这方法做下去，快要成功了，尧为什么把他处死？鲧死在羽山，为何过了三年尸体还不腐化？禹为鲧所生，怎么把他治水的方法改变了？禹继承先业，完成了父亲未竟的事功。但既是继承父业，为什么两人的谋虑却完全不同？那么大、那么深的洪水，怎么能够填平？禹又根据何种准则，来划分九州土壤的等级？禹看到应龙以尾画地，即顺着其痕迹把洪水导入河海之中；到底应龙是怎样的画法？洪水又是如何的经过江河而流入海中？就治理洪水而言，鲧有怎样的贡献？禹的贡献又是如何？

以上问鲧、禹父子治水的事情。要注意的是，在《楚辞》里，鲧是个有才干而正直的人，和一般传说中的鲧并不一样。

康回（人名）大怒，撞毁了不周山的天柱（八天柱之一），为何大地就向东南倾斜？整个九州大地是如何形成的？怎么会有河川、山谷这么深洼的地方？百川东流，大海也不会满溢出来，谁知道原因呢？整个大地，是东西长呢，还是南北长？大地从南到北是椭圆形，其宽度又是多少？

以上问大地河海的事情。

昆仑山，以及昆仑山最高之地的悬圃（可以通到天上）是在什么地方？昆仑山上有九重的增城，到底有多高呢？增城四方的城门，是谁在出入？西北边的门常开启着，是要让天地的元气作通路吗？

以上问昆仑山的一些事情。昆仑山是楚国神话中最高的仙山，为众神之所在，其地位类似希腊的奥林匹斯山。

太阳照不到的地方，烛龙为何能照耀得到？太阳还没升上来的时候，若木（生长在太阳上升之地）为什么会有光华？

以上独立的一小段又是问太阳（前面已问过两次）。

什么地方是冬天温暖的呢？什么地方夏天寒冷？什么地方长着石林？什么野兽能说人话？什么地方有虯（qiú）龙，背着大熊到处遨游？九个头的大蛇，来往倏忽，到底在什么地方？什么地方的人可以长生不死？东方有特别高大的长人，他们在防守着什么？有一种浮萍，可以蔓延得密密麻麻；又有一种形状如麻，长着红花的臬（xī）草，都生长在何处？有一种蛇，可以吞掉整只象，这蛇到底有多大？黑水、玄趾山、三危山，是在哪里呢？这里的人寿命极长，到底可以活到多长久？有一种脸部和手足都像人的鲮（líng）鱼，又有一种形状如鸡的鬿（qí）雀，白色的头，鼠足而虎爪，会吃人，又是生长在何处？

以上问天地间一些稀奇古怪的事物，这些大概是楚国人神话与传说中常谈到的异物。

本来有十个太阳，后羿（yì）射落了九个，后羿怎么把太阳射下来的？每一个太阳中都有一只乌鸦，九个太阳射下来，九只乌鸦死了以后，羽毛又落在什么地方？

以上一小段问后羿射日。

上篇　神话的世界

禹摩顶放踵地为天下百姓奔走,到四方去巡察,怎么会遇上涂山氏之女,在台桑地方和她来往?是不是担心没有后嗣,因此在这时和涂山氏结婚?为什么禹会有那么多的口腹之欲?为什么他特别喜欢吃鲸鱼肉?

以上又问禹事(第二次)。

禹死了以后,益得了帝位,禹的儿子启又夺了益的位置;启既然得到帝位,为什么又被益幽禁起来?启遭遇到这样的危难,又怎么脱困?为什么益的部下最后都投降了启,启没有受到什么损伤?何以益的国运那么短,而禹的子孙却能承继下去?启献祭上帝,得了天乐《九辩》与《九歌》(《九辩》《九歌》均乐曲名)。启生下来时,禹正治水,化作大熊在穿山,启的母亲涂山氏看见了大吃一惊,化作石头,石头迸裂,才生出启来;为什么儿子竟会害了母亲,让母亲碎裂为遍地的石块?

以上问禹之子启的事情,而以启、益的争夺帝位为主体。根据一般传说,禹要把天下让给益,但人民喜欢启,因此立了启。但在这里,启、益是争过帝位的,和一般说法不一样。

夏王无道,上帝降生后羿来纾解民困。后羿为何射瞎了河伯的左眼,又娶了洛水的水神宓(fú)妃为妻?羿射杀了大野猪,拿了肥甘的肉来献祭上帝,上帝为何不保佑他?后羿的大臣寒浞(zhuó)和羿的妃子纯狐通奸,听了纯狐的诬惑,

· 097

谋杀了后羿。后羿的射箭之术那么高明,又怎么会被寒浞所吞灭?

以上问后羿事(第二次)。夏朝曾经一度中衰,被后羿所取代,之后羿又为寒浞所杀,再后来到夏朝的少康才又中兴。这里所问的即是这些事情。

鲧往西行,到穷石山去,怎能越过险阻的山岩?鲧死了以后,尸体既已化为黄熊,神巫又怎能使他复活?鲧教人播种黑黍,种植菖藿,怎么会被认为恶贯满盈,而与四凶一起放逐出去?

又问鲧事(第二次)。从这里看来,鲧似乎死而复生过,这里再度强调鲧不错,为何被放逐、被杀。

嫦娥怎会穿着霓裳的美服,戴着珍奇的首饰,在堂上歌舞呢?后羿怎么得到不死之药的?又怎么会藏得不好而被嫦娥偷去?

以上一小段问嫦娥、后羿的事(后羿已经第三次问了)。

自然的法则是由阴阳二气纵横交错而成,人如果失去其中一气的话,就会死亡。

以上两句孤立,又不是疑问句,有点奇怪。

大鸟为什么鸣叫,它到底死在何处?雨神屏翳(yì)能呼

上篇　神话的世界

云唤雨，他怎么有这能力？风神的身体长得像鹿，怎么有这种怪形状呢？大龟顶着海中的五座仙山，怎么原本会流动的山就不再动了？把船放在陆地上航行，怎么会走得动呢？

以上又问传说中的一些异事异物。但大鸟鸣叫和陆地行舟二事不知何所指。

浇（寒浞之子）到嫂嫂女歧的房间去，到底请嫂嫂帮他做什么事，怎么最后两人竟来往起来了？女歧是替浇缝衣裳，两人趁机同睡一房的吗？少康怎么趁打猎的机会杀了浇，割了他的头的？少康又怎么会在杀浇时误把女歧当浇，杀错了人，而自己反而遇到危难呢？少康起初计划灭浇时，徒众很少，怎么势力会越来越大？浇有能力灭掉斟寻国，少康又凭什么灭了浇？

以上问少康中兴时灭浇的事情。值得一提的是，这里的女歧跟前面所说，没有结婚而生九子的女歧，并不是同一人。

桀征伐蒙山国，俘获了什么战利品？妹喜听了伊尹的话，败坏夏桀的朝政，汤才能灭掉夏朝，但为什么又把妹喜杀了？

根据一般传说，是夏桀宠爱妹喜，因此亡国。但据其他数据，是桀伐蒙山国，得了两女子，抛弃元妃妹喜，妹喜因而为伊尹做间谍，帮汤灭了桀。这里所问的，是根据后一种传说而来。

· 099

楚辞：泽畔的悲歌

舜的父亲怎么不替舜娶妻，而让舜为成家之事而忧愁？尧事先不和舜父商量，就把娥皇、女英嫁给舜；如果事先商量了，二女又怎能和舜成亲？

以上问舜。

最初有人类的情形，谁能猜测呢？璜台高达十层，是谁有这能力建造？

以上两问孤立。第二问有人说是指纣王大兴土木，但不太能确定是否如此。

女娲登立为帝，这件事是谁传述下来的？女娲创造了人类，女娲的形体又是谁创造的？

以上问女娲。根据传说，是女娲创造了人类，所以这里这样问。

舜一直对他弟弟象很好，象却始终陷害他。为什么象那么坏的心肠，舜还是没有受到损伤？

以上又问舜（第二次）。

吴国找到了可以长久居住的地方，从此长留在南岳之地。谁承想离开了这里以后，竟得到两个儿子？

以上不知何所指，文字也难懂，勉强如此翻译。

妹喜衣缘上绣着鸿鹄，冠冕上镶着玉石，所受的恩宠如同帝王一般，为何又接受了伊尹的阴谋，败坏夏桀的朝政，使得夏朝灭亡？汤巡察四方时遇到伊尹，加以重用，灭了夏朝，为何他在鸣条地方放逐了夏桀，老百姓都大为喜悦？

又问汤灭桀事（第二次）。

帝喾（kù）和妃子简狄在台上祭祀时，他们在祈求什么？当玄鸟落下鸟卵，简狄吞了，终于怀孕（后来生了商朝的始祖契），她是怎样的高兴呢？

以上问简狄吞鸟卵事。这是有关商朝祖先的传说。

王该继承了父亲王季的德业，王季大为赞赏，为何又会落没到有易之地放牧牛羊？王该为何挑动有易氏之女的情思，是因为他以干舞（舞蹈名）去蛊惑她吗？为何他能娶到有易氏之女，是因为他长得好看吗？王该在有易放牧牛羊时，和有易之女是如何相逢的？有易氏发现了王该和有易之女偷偷来往，想把他击杀在卧房中；王该为何能事先逃出，保全了性命？王该的弟弟王恒也继承了王季的德业，他怎能把王该所丧失的牛羊又夺了回来？为何王恒不仅能够全身而退，还能施惠于老百姓？上甲微又继承了先人的事业，出兵征伐有易，使有易不得安宁，但他后来又为何放纵情欲，失德失行？

上甲微的弟弟也一样犯了淫行,甚至杀害自己的哥哥。殷商的王室行为这样的反复,这样的变诈,后嗣怎么会如此久长?

以上一大段问殷商三王该、恒、上甲微的事,而以他们跟有易国的恩怨为主体。可以看出,这时殷商还是游牧民族。是王该在有易放牧羊牛时,和有易之女通奸,触怒了有易,而惹起两国之间的一场仇恨。

成汤巡视东方,到了有莘之地,为何为了得到伊尹而娶了有莘氏之女?伊尹的母亲怀孕时遭到大水,无处逃避,化成大桑树,伊尹从桑树中生出来。有莘氏为何因此讨厌伊尹,把女儿嫁给汤时,就把伊尹当作仆从,一起送过去?汤被桀囚禁在重泉之地,到底是犯了什么罪? 汤最后终于决定出兵伐桀,是谁挑动了他的心呢?

以上又问汤、伊尹及灭桀事(第三次)。

武王与诸侯约定在大清早会师伐纣,为何诸侯都能如约而至?武王伐纣时,为何会有苍鹰群聚而飞?已经俘虏了纣王,周公旦并没有特别欣喜。为何他还兢兢业业处理大乱之后的事宜,以奠定周朝的国基?上天既已把天下交给了殷商,为何让周朝夺得帝位?纣王又犯了什么罪,竟然会亡国?为何诸侯都争先恐后地派遣军队跟随武王伐纣?为何武王的士兵,个个奋勇争先,攻击纣王的战阵?

上篇　神话的世界

以上问周武王灭纣事。

　　周昭王到南方游玩，只是想看看祥瑞的白雉，却被楚国人所害，这样的南游究竟有什么好处？穆王求得良马，周游天下各处，到底寻找什么？宣王时，那一对怪异的夫妇到在市街上叫卖什么，为何要把他们处死？周幽王是怎样得到褒姒的？最后又是被谁所杀？天命无常，究竟上天是要惩罚谁？又要保佑谁？齐桓公九次会合天下诸侯，当天下各国的盟主，又怎么会突然遭到杀身之祸？

以上问西周后半期诸王事，结论时顺便提及齐桓公。

　　是谁迷惑了纣王，为何纣王憎恶辅佐他的大臣，而听信谗谄之言？比干犯了什么大过，为何把他处罪？雷开好阿谀，为何却得到赏赐？为何圣人都有那么好的德行，却遭遇到种种的祸害：梅伯被剁成肉酱，箕子只好装疯？

以上问纣王及诸臣事。

　　稷是帝喾的长子，帝喾为何对他特别憎恶，把他抛弃在冰上？为何会有鸟来翼护，让他不会冻死？为何稷长大以后具有特殊勇力，能够使用强弓硬弩？稷的母亲踩了巨人的脚印，才怀孕而生稷，因为稷出生极为奇异，才会让帝喾吃惊，而将他抛弃；但为何鸟及牛羊等来保护他，让他顺利成长起来？

· 103

以上问周的祖先稷之事。

　　西伯昌趁殷商国势衰微的时候，成为西方诸侯的领袖。为何天命降临岐山（周的根据地），让周朝代替殷商统治天下？周人的祖先迁到岐山下，西伯昌又从岐山迁到丰；为何岐山已不足依恃，而须迁往他处？殷有妲己这样的妇女迷惑纣王，谁还能够谏诤？纣王把西伯的长子剁成肉酱，赐给西伯，西伯吃了，上告于天。为何要向上天报告，让上天处罚这不可救药的殷商？太公望在市场上一面动刀割肉，一面唱歌，西伯听了为何大为欣喜？武王发（武王之名）想要吞灭殷纣，为何迟迟不行动而郁郁不乐？以后为何又急迫地载着文王的神主牌出征，而不再稍等片刻？

以上以西伯昌为主体，问周兴殷亡之事。

　　晋献公的太子申生自缢于林中，到底是什么缘故？申生毫无畏惧地自杀，又为何能感动天地？

以上问申生事。

　　天命既已降临于殷纣，祖伊为何又劝诫纣王说，天命将断绝？纣王既已统治天下，上天又为何使周朝灭殷而代替了殷的位置？

又问周灭纣王事（第三次）。

上篇　神话的世界

伊尹本是汤的小臣，后来成为最重要的辅臣，为何他始终帮助汤，使殷商的子孙能够享国那么长久？

又问伊尹事（第三次）。

功勋彪炳的吴王阖闾是寿梦的孙子，从小离散在外，为何长大以后武功极盛，威震邻国？

彭祖进雉羹给帝尧，尧为何愿意品尝？彭祖活到八百岁，寿命何以如此久长？

众人在中原之地共牧牛羊的时候，黄帝为何大为发怒？小小的蜂蚁为害牲畜，为何无法扑灭，生命力如此强韧？

伯夷、叔齐义不食周粟，在西山采薇而食，有一女子告诉他们说，这也是周朝的草木，你们为何要吃，两人因此不再吃薇菜；饿得将死时，为何有白鹿出现，让他们吃鹿乳？他们往北走到河曲之处，见到了什么，为何突然大为欣喜？

秦景公有猛犬，他的弟弟针为何也想要，竟想以百两黄金来交换，最后弄得兄弟不和，景公夺了针的爵位，针只好出奔晋国？

薄暮雷电交加，何不回去，只是呆呆地发愁？国威日渐衰颓，又怎能向上帝有所祈求？躲在深山，住在山洞，又有什么话好说？如能悔悟，改弦更张，我又何必多说？

关于此段，请参阅后面附录。

吴楚两国相攻，楚军为何长久打胜仗？吴王阖闾继续与楚争战，日子一久，为何终能大败楚国？

· 105 ·

为何陨（yǔn）公之女在闻社、丘陵与人偷情，生了令尹子文？楚王庄敖想杀弟弟熊恽，子文告诫他，这样做不能享国久长；最后熊恽杀了庄敖，自立为王，子文又为何辅佐他，而赢得忠臣的美名？

以上问春秋时期楚国贤相子文之事，《天问》至此结束，将结束时所问各事，大多四句一事，彼此孤立，没有连贯，非常零散。

【附录一】

曰：

《天问》以"曰"字开始，然后接着提出一百七十二个疑问。

遂古之初，谁传道之？（往古最早的事情，谁传述下来的？）

遂古：往古。

传道：传言、传述。

上下未形，何由考之？（天地还未成形，从何考知当时的情形？）

上下未形：上下，指天地；未形，还没成形。

考：考察而得知其事。

冥昭瞢暗，谁能极之？（宇宙间朦朦胧胧的，谁能追问呢？）

冥：昏暗。昭：明亮。瞢（méng）暗：也是昏暗之意。冥昭瞢暗是说，当时是一片朦朦胧胧的景象。

极：有追究、追问的意思。

冯翼惟象，何以识之？（混混沌沌一片，何从辨别万物的形象？）

  冯翼：形容天地万物还未形成的混沌状态。

  惟：语助词。象：形象。冯翼惟象是说，天地之形，只是一片混沌。

  识：分别。

明明暗暗，惟时何为？（明明暗暗中，宇宙又有什么变化？）

  明明暗暗：是说宇宙间只是明明暗暗的混沌。

  何为：宇宙有何作为，即大自然有何变化之意。

阴阳三合，何本何化？（阴阳天地的和合，从何而来？和合之后，又是如何变化？）

  三合：阴、阳二气与天三者和合而生万物。

  何本：指阴阳三合何所本，即为何有此事。

  何化：三合之后，宇宙有何变化。

  以上是《天问》第一段。《天问》大部分采取这种四字一句、两句一问的形式。

【附录二】

  薄暮雷电，归何忧？
  厥严不奉，帝何求？
  伏匿穴处，爰何云？
  悟过改更，我又何言？

薄暮雷电交加，回去罢，何必忧愁？

国威日渐衰颓，怎能向上帝有所祈求？

躲在深山，住在山洞，又有什么话好说？

如能悔悟，改弦更张，我又何必多说？

以上《天问》将近结束时一小段，文字难解，也不知所指何事。但有人根据这一小段证明《天问》是屈原作的。这里的翻译是根据他们的解释勉强译出来的。譬如"厥严不奉""爰何云"都非常不好懂，他们的讲法未必妥当。又，"悟过改更"之前原来还有两句，有些学者认为应该移到后面去。前面翻译整篇《天问》时，也是根据这个改过的顺序译的。

下篇

泽畔的悲歌

五、屈原这个人和他的作品

屈原这个人

屈原是中国历史上鼎鼎有名的大人物，凡是读过一点书的中国人，很少不知道他的。但很奇怪，关于他的生平事迹，我们却知道得很少。譬如说，他生在哪一年，哪一年自沉，总共活了多少岁，连这种最基本的问题，过去我们都不了解。当然可以想象得到，其他的事情我们更不清楚了。以前的人对于他的生平有许许多多的推测，然而，这也只是"推测"而已，到底对不对呢？谁也不敢确定。更有趣的是，有的人因为古代关于屈原的记载都让人觉得扑朔迷离，于是干脆否定有屈原这个人存在。连屈原这个人的存在与否都起了怀疑，那么，也就可以了解到屈原的生平事迹实在是太模糊了，好像还是个谜团一般。

根本不承认有屈原其人，这的确有点荒谬。但有的人又很肯定地推测说，屈原在哪一年生在哪个地方，哪一年发生什么事，哪一年又怎么样，最后又在哪一年自沉，说得煞有介事、有头有尾的样子，一时难以令人信服。现在比较认同的说法是，屈原大约出生于公元前340年，去世于公元前278年。他出生于楚国丹阳秭归，即今湖北宜昌。我们要了解屈原这个人以及他的作品，恐怕最好还是根据最早的时候汉朝人关于他的一些记载，做个简单而扼要的画像。由这个画像，我们可以知道屈原一生最重要的遭遇，也可以了解到这些遭遇如何影响他的一生，最后导致他的死，也终于使他成为中国历史上最著名的人物之一。

屈原是楚国王族的后代。在很早以前，屈家最早的祖先是某一代楚王的儿子，被封到"屈"这个地方，因此他的子孙就以"屈"来作为他们的姓。很久以来，屈家一直是楚国王族里最有势力的家族之一。在春秋时期，屈家曾经出过许多显赫一时的大人物。到了战国时期，屈家和另外两个家族景家与昭家成为楚国王族里最有名的三族，影响似乎更大了。当时，楚王特别设了一个"三闾大夫"的官，来处理屈、景、昭这三个王族的事务，屈原本人就曾经担任过这个职务。

屈原既然出身于这种权大势大的王族，可以想见，他一定会参与楚国的政治事务。但是，有关他早年的生活，我们一点也不清楚。我们只知道，当屈原出现在历史舞台上，我们开始看到屈原这个人时，他已经成为楚王最亲信的大臣了。当时的楚王是楚怀王，而屈原所担任的官职是"左徒"，可能是仅次于令尹（楚国丞相）的高官。

楚怀王的时期，是战国时期的关键期。当时，秦国一天比一天强大，其他六国已经无法和秦国抗衡了。六国为了自保，决定采用苏秦的建议，大家联合在一起抵抗秦国，这就是一般所说的"合纵"政策。虽然是六国联合，整个合纵政策的成败却掌握在齐、楚两国手上。因为齐、楚两国是六国中最强大的，只有他们两国同心协力，六国同盟才有实现的可能。楚怀王的时期之所以是关键时期，其原因就在于：怀王不能充分了解齐、楚联盟的重要性。他的外交政策始终摇摆不定，时而联齐，时而联秦。这样的政策不但使楚国的国势一再削弱下去，六国同盟的合纵政策也无形中瓦解了。合纵一瓦解，也就决定了六国的命运，秦国可以放手地一个一个去吞灭六国了。

屈原充分了解齐楚联盟的重要性，可惜的是，当怀王要开始脱离六国合纵时，屈原已不是楚怀王所亲信的大臣了。屈原当左徒时，完全得到怀王的信任，称得上是"言听计从"，但也因为屈原太得到信任，不免引起另一位大臣上官大夫的嫉妒。上官大夫在怀王面前批评屈原的傲慢与自大，暗示怀王说，屈原连楚王都不太看在眼中，只晓得夸耀自己的才能。上官大夫的谗言终于使得怀王生气起来，开始疏远屈原了。

就在这时候，秦国派遣张仪到楚国来破坏六国的合纵政策。张仪在当时是以"连横"政策出名的。所谓连横，简单地说，就是要六国和秦国和好，秦国自然不会吞灭六国。张仪也知道合纵的成败在于齐、楚两国，所以他先对楚国下手。他告诉楚怀王说，只要楚国跟齐国断绝来往，秦国愿意割给楚国六百里土地。楚怀王听说平白可以得到六百里土地，马上就动了心。屈原立刻向怀王剖析联齐的重要。然而，怀王已不再信任他了，又贪得六百里土地，终于听了张仪的话，和齐国断绝外交关系。

怀王一和齐国断交，马上要求秦国割地。然而，张仪却派人跟怀王说："我们只说割六里，哪里是六百里呢？"怀王一听，大怒，知道被张仪愚弄了。于是下令攻秦，却打了大败仗，大将战死，土地还被攻占了一大块。于是又总动员一次，再度攻秦，不幸又大败。这时，魏国又趁火打劫，居然也起兵攻楚。而齐国，对于楚国的无故断交非常愤怒，当然袖手旁观，不会加以援助了。

下篇　泽畔的悲歌

怀王真是又悔又怒，只好派遣屈原出使齐国，似乎有重建联盟的意思。但秦国又把所攻占的楚国土地归还楚国，以此来破坏齐、楚再度联盟。怀王竟跟秦国说，失地他可以不要，只要把张仪派来给他处罚，他就心甘情愿了。张仪竟然大胆地又来到楚国，凭着他的三寸不烂之舌，再加上买通楚国大臣靳尚、楚王宠妃郑袖，居然又说得怀王原谅了他，把他放走了。屈原这时刚从齐国回来，立刻劝怀王杀张仪。怀王也后悔，马上派人追张仪，然而，追不上，张仪已经回到秦国了。

怀王就这样两度受张仪愚弄，却还没看清事实，居然不能下决心与秦国断绝来往，与齐国联盟。从此以后，他的外交政策一直在齐、秦之间摇摆不定。这当然只有使秦国更加强大，而使六国的处境日渐艰危起来。最后，秦昭襄王希望怀王到秦国去跟他商量事情，怀王想去，屈原又劝他说，秦国不讲信用，决不可去。然而，怀王的儿子令尹子兰却极力赞成怀王去，于是怀王来到秦国。果然，怀王一到，秦王立即把怀王扣留下来，威胁他说，只要割地给秦国，就放他回去。怀王怒气冲天，死也不肯割地，就这样被扣留在秦国了。怀王曾经趁机逃走，逃到赵国边境，然而赵国却不敢让他入境，怕引来秦国的攻击。怀王只好又回到秦国，最后死在秦国。

屈原的一生可以说和怀王息息相关，是怀王提拔他，信任他，让他参与国政。屈原也忠心耿耿，努力报效国家与君王。哪里知道，怀王却听信上官大夫的谗言，疏远了他。然而，屈原永远记得怀王以前对他的礼遇，永远把国家与怀王放在自己之上，只要一有机会，他总会出面劝谏怀王。他要怀王不要相信秦国，要与齐国联盟，要杀张仪，不要到秦国去。每一次重要的事情，屈原都提出忠告，而怀王总是不听。最后怀王终于自食恶果，死在秦国。可以说，怀王的失败也就是屈原的失败，怀王死了，屈原忠君报国的理想也整个破灭了。那个提拔他、信任他但又疏远他、处处不听他劝说的怀王，那个他想一生报效、愿意为之死而后已的怀王，这样凄惨地死在秦国，也正代表他一生政治生涯的大失败。

怀王死了，楚国人终于明白屈原的远见。按照道理说，新王（顷襄王，怀王的长子）应该有所觉悟，重新启用屈原才对。然而不然，楚国人称赞屈原的先见之明，相对地，也就批评令尹子兰劝怀王入秦。屈原的存在好像时时在提醒大家，令尹子兰做了最大的错事。子兰因此恼羞成怒，天天在顷襄王面前讲屈原的闲话。顷襄王于是把屈原流放到江南（长江以南，楚国的都城郢都是在长江北面。当时，江南地区要远比江北落后）。

放逐江南代表的是屈原政治生涯的最后结局。他顺着夏水、长江南下，流浪于江南各地。他日日思念江北的故乡，日日思念故国的一切，关心故国的一切。然而，日复一日，年复一年，顷襄王一直都没有再召他回去的意思。终于，屈原完全绝望了，他知道自己已经完全被忘记了，再也没有报效君国的机会了。于是在公元前278年的某一天，在他漂泊江南好几年之后，终于跳下汨罗江（在湖南省），了却了他的一生。

屈原的作品

历史上，像屈原这样一生忠直却有着悲惨遭遇的，不知道有多少。屈原之所以成为其中最出名的人物，究其原因除了他是政治人物，他还是个诗人。他把在政治上的不得意，他对谗人的痛恨，他对楚王的忠心以及他自己的心志，全部宣泄在他的作品上。也因为他的忠直，他的感情丰富，使得他的作品流露出一份特殊的感人力量。我们从历史上，只能了解到屈原的事迹，而屈原的作品，让我们了解到屈原这个人的全部感情。从历史我们只看到骨架，而从屈原的作品我们认识到有一个血有肉的伟大人格。可以说，使屈原这个人不朽，使他永远活在我们中国人心上的，不是历史的记载，而是他自己的作品。

屈原的作品，全部收在《楚辞》这本书里。东汉时，王逸曾经注解《楚辞》，根据他的说法，这本书里的其中二十五篇是屈原所作：

《离骚》

《九歌》（共十一篇）

《天问》

《九章》（共九篇）

《远游》

《卜居》

《渔父》

另外还有《大招》一篇，王逸不太能确定是不是屈原的作品。楚辞里还有一篇《招魂》，王逸认为是宋玉作的，司马迁的《史记》也曾经提到，却说是屈原所作。而在班固的《汉书》里，班固又提到《屈原赋》共二十五篇，篇数刚好与王逸所说的相符合，所以一般比较不相信《招魂》和《大招》是屈原作的。

然而，就是王逸所说的二十五篇，历代的学者也总有人怀疑其中某些篇章不可能是屈原所作。尤其到了现代，怀疑的人更多，而且，被人怀疑到的作品也更多了。可以说，差不多除了《离骚》公认是屈原的代表作之外，其他各篇，几乎都有了问题。学者们在这方面的讨论，真是连篇累牍，令人眼花缭乱。在这许多的讨论之后，我们可以这么说，《离骚》和《九章》的一部分，是屈原作品的可能性最大，《九歌》《天问》《远游》《卜居》《渔父》，屈原所作的可能性并不大。至于司马迁所提到的《招魂》，倒有可能是屈原写的，但也不能十分确定。

其实，我们可以从另一个角度来处理这些作品。我们可以问：从哪些篇章中，我们最能了解到屈原这个人的人格与感情？我们可以把这些篇章找出来，去阅读，然后去认识这个名垂青史的大诗人。从这样的角度去看，我们就会发现，了解屈原的关键是以下三组作品：

（一）《离骚》

（二）《九章》

（三）《卜居》《渔父》

《离骚》是最重要的，是屈原的"大作"，是了解他的感情最主要的依据。其次，《九章》虽然包含九篇较短的篇章，其中可能有些部分也不一定是屈原所作，但最好的几篇，却也可以配合《离骚》来读，能补《离骚》的不足之处。至于《卜居》《渔父》，虽然不能确定是屈原的作品，但是很早很早以前，别人眼中所看到的屈原，可以让我们看到，在最早的时候，屈原在一般人心中是怎样的一个形象。我们可以说，只要读过这三组作品，我们就能够约略认识这个伟大的中国诗人，也能够了解为什么历代的中国人都么佩服他的原因。所以，本书的下篇，第六、七、八章分别讲述这三组作品。

六、心灵的自传——《离骚》

《离骚》是屈原最有名的作品，也是中国诗歌中最伟大的诗篇之一，这是大家都知道的。在这首长篇作品里（全篇共计两千四百多字），屈原采取自传体的方式，首先叙述自己的进德修业，以及把国君引向正道的志向，然后讲到奸邪进谗言，自己被疏远，接着是疏远之后的彷徨，以及对理想之追求的锲而不舍。整篇写的是忠直的屈原的心路历程，可以说是屈原"心灵的自传"，最能够让我们了解到屈原人格的整体面目。

但是，"离骚"，这个题目又是什么意思呢？这有两个比较通行的解释。一种是说，"离"即是"罹"，而"罹"则是"遭遇"的意思，至于"骚"，则是"忧愁"的意思。所以"离骚"即是"遭遇到忧愁"。屈原取这个题目，是要说，他是遭遇到忧愁，才写下这篇作品的。第二种解释是说，"离"即是"离别"的意思，所谓"离骚"，就是"离愁"，屈原所要叙述的是，自己在受到放逐与离别之后心中的愁思。大致说起来，采取第一种解释的人比较多。这里要补叙一句，《楚辞》一书中的篇章题目，却不一定是屈原自撰的，有可能是研究《离骚》或屈原的人所拟制的，像这种情形在很多古籍中不乏先例，不过这种考据性的问题，在此不去费辞，还是从《离骚》的创作心态与时代背景上，多加分析探讨吧！

那么，屈原又是在什么时候写下这篇作品的呢？这也有不同的观点。比较传统的观点是说，屈原因为上官大夫的谗言，开始被楚怀王疏远，为了表达心中的忧愁幽思，才写下这篇《离骚》。但后来却有人说，《离骚》应该是在屈原放逐到江南以后才写的。又有一些人，虽然赞成传统的说法，认为《离骚》写于放逐江南以前，但又以为不会早到屈原开始被疏远时，应该再晚一点。这些讲法，很难断定谁对谁错。还好，对我们欣赏《离骚》不会有什么影响，所以关系还不大。

对我们欣赏《离骚》来讲，还有一个问题，那就是我们在《九歌》绪论里已经提到的关于"香草美人"的问题。屈原在《离骚》里，一再使用香草来比喻自己的进德修业。譬如开头一段他就说，他披着江离和辟芷，又把秋兰佩在身上，又要摘取木兰和宿莽。像这种例子，整篇《离骚》中到处都是。至于美人，《离骚》里常以美人来比喻君王，又常把君臣关系比喻作男女关系，那谗邪就好比嫉妒的女子在说那些品行端正娴淑的女子（即指君子）的坏话。

关于这些问题，以前的人只说"香草以配忠贞""美人以媲于君"。我们总觉得这样的解释还不够，总想进一步追问：为什么要拿香草来比君子？为什么要把君臣关系比作男女关系？

要解答这些问题，我们可以从《九歌》的香草美人说起。我们已经知道，在楚国的民俗宗群里，在祭祀的时候，不论祭品、摆设还是神、巫的服饰，都和香草脱离不了关系。在古代，宗群是非常神圣的，那么和宗群息息相关的香草当然也就是和世俗不同的圣物了。因此我们可以想象，当楚国人要说明自己的德行与世不同，自己比一般世人要清高时，他以他们宗群的圣物香草来作比，是再顺理成章也不过了。所以，屈原以香草来自喻，实在是从他所熟悉的宗群祭典脱胎而来的。当他说到自己身披一大堆的香草，说自己所穿的"非世俗之所服"，他一定想到祭典里神、巫所穿的服饰。这服饰是非常神圣的，是一般人不可随意穿戴的，因此屈原就以这种香草的服饰来象征自己德行的高人一等。

至于《离骚》的美人问题，也可以设想是从《九歌》的人神恋爱脱胎出来的。既然人神关系都可以比成男女关系，为什么君臣关系就不可以比成男女关系呢？尤其当我们想到，在古代君是被当成神一样的看待，我们就会觉得，从人神的男女关系到君臣的男女关系，是再自然也没有了。既然神不肯降临，可以比成情人的失约，那么君不再信任臣，当然可以比喻成情人的背叛，或者情人受了其他女子的诱惑而抛弃了自己。

所以，我们可以看得出来，《离骚》是楚国特殊的民俗和屈原特殊的人格的结晶。屈原的成就，不但在于他表达了自己丰富的感情和崇高的人格，同时也在于他能够从自己民族的特色里汲取精华，把它和自己的人格结合在一起。所以《离骚》是透过一个民族的特殊性格所表现出来的伟大人格。

因为《离骚》篇幅很长，为了阅读方便，底下的讲述分成三节，每一节又分成若干小节，每一节和每一小节之后，都有简单的说明。

楚辞：泽畔的悲歌

虽九死其犹未悔

帝高阳之苗裔兮，（我是高阳帝的后裔，）
  高阳：古代传说中的帝王，即五帝中的颛（zhuān）顼（xū）。
  苗裔（yì）：后裔、后代。

朕皇考曰伯庸。（我的父亲叫伯庸。）
  朕：我。古代一般人都可称"朕"，至秦始皇才规定为皇帝的专用词。
  皇考：古人称呼已去世的父亲叫皇考。
  伯庸：有人说是屈原父亲之名，有人说是字，不是名。

摄提贞于孟陬兮，（正在寅年寅月的时候，）
  摄提：古人用干支纪年，凡是寅年（如甲寅、乙寅、丙寅等）都叫摄提年。
  贞：正，正在那时候的意思。
  孟陬（zōu）：正月，以干支来讲，古代的正月是寅月。

惟庚寅吾以降。（庚寅那一天我降生下来。）
  惟：语助词。
  庚寅：庚寅那一天。
  降：降生。

皇览揆余初度兮，（父亲观察我出生的好时日，）
  皇：皇考、父亲。

下篇　泽畔的悲歌

　　览揆（kuí）：观察的意思。

　　初度：度，时节。初度，出生的时节，这里指出生的好时日（寅年寅月寅日）。

肇锡于以嘉名。（于是赐给我好的名字。）

　　肇（zhào）：开始。

　　锡：同赐。

　　嘉名：好名字。

名余曰正则兮，（替我取名叫正则，）

字余曰灵均，（替我取字叫灵均。）

　　根据《史记》记载，屈原名平，字原，这里却说名正则，字灵均。两者未能符合。学者们有种种解释，但对我们欣赏《离骚》关系不大，我们可以不管。

纷吾既有此内美兮，（我既有这么多的内在美德，）

　　纷：众多的样子。

　　内美：指以上所说好的生日（寅年寅月寅日）、好的名字。古人相信生日和名字对自己会有所影响。

又重之以修能。（又有美好的打扮。）

　　又重之：又加上。

　　修能：修整，美好的仪态，指自己打扮得美好。

扈江离与辟芷兮，（披着江离与辟芷，）

　　扈（hù）：披。

　　江离、辟芷：都是香草。

· 121 ·

纫秋兰以为佩。(把秋兰结成衣佩。)

　　纫(rèn)：把东西结成带子或绳索叫纫。

　　佩：衣佩，古人佩在身上的饰物。

　　以上两句是说明前面所说的"修能"。

汩余若将不及兮，(我匆匆忙忙的像要赶不上，)

　　汩：形容迅速的样子。

恐年岁之不吾与。(恐怕岁月啊不肯等待我。)

　　年岁：岁月、时光。

　　不吾与：与，等待。不吾与，不等待我。

朝搴阰之木兰兮，(早上到土山上摘取木兰，)

　　搴(qiān)：摘取。

　　阰(pí)：高地、土山。

夕揽洲之宿莽。(傍晚又到沙洲中采摘宿莽。)

　　揽：采。

　　洲：沙洲。

　　宿莽：香草。

日月忽其不淹兮，(日月倏忽地过去，不肯久留，)

　　忽：迅疾的样子。

　　淹：久留。

春与秋其代序。(春与秋不停地轮转。)

　　代序：更相代谢之意。春去秋来，秋去春又来，如此轮转不已，这叫代序。

惟草木之零落兮,（那草木凋落着啊,）

  惟：语助词。

  零落：凋零,凋落。

恐美人之迟暮。（恐怕美人就要衰老。）

  美人：以前人都说指楚怀王,其实这里只是比喻,是说人如不及时努力,待时间快得就要像美人老去一般,就后悔莫及了。

  迟暮：指年纪老大。

不抚壮而弃秽兮,（不肯趁着壮年改掉恶习,）

  抚壮：趁着壮年之时。

  弃秽：秽,指不好的行为。弃秽,改掉不好的行为。

何不改乎此度?（为什么不改变这种态度?）

  此度：这种态度,指上一句所说的年轻时不肯努力,不肯改掉不好的行为。

乘骐骥以驰骋兮,（乘着骐骥赶快奔驰吧,）

  骐骥(qí jì)：良马。

来吾道夫先路。（来啊,我在前面领路。）

  道夫先路：在前面引导、领路。

楚辞：泽畔的悲歌

【解析】

以上是第一小节，从家世、生日、名字，说到自己努力进德修业。从"汩余若将不及兮"以下，写"及时当勉励，岁月不待人"，写时光流逝之迅速，真有一种惊心动魄的感觉，可以体会得出来，屈原是如何焦急着要自我努力，要建立一番功业。最后两句："乘骐骥以驰骋兮，来吾道夫先路"，真像是一刻也不放松，非立即赶路不可，而且是赶在他人之前，督促别人也一起跟他走。在这一节里，"汩余若将不及兮，恐年岁之不吾与""日月忽其不淹兮，春与秋其代序。惟草木之零落兮，恐美人之迟暮"，都是名句。有这些写光阴流逝的名句，更使本节生色不少。

昔三后之纯粹兮，（从前三王德行纯美，）

三后：三王，即夏禹、商汤、周文王武王。

纯粹：形容美德之无瑕疵。

固众芳之所在。（群芳都聚集在一起。）

众芳：众多的芳草，比喻君子都在朝廷之上。

杂申椒与菌桂兮，（杂有申椒与菌桂，）

申椒、菌桂：都是香草。

岂维纫夫蕙茝！（那里只是串结着蕙、茝！）

维：惟，只有。

纫（rèn）：串结在一起。

蕙、茝：都是香草。茝，即芷。

彼尧舜之耿介兮,(那尧舜光明正大,)

  耿介:光明正大。

既遵道而得路。(既已遵行着正道,走上了坦途。)

  遵道:遵行正道。

  得路:是说找对了路,走上了康庄大道。

何桀纣之猖披兮,(为何桀纣还猖狂放纵,)

  猖披:穿衣而不系带,形容行为放纵随便。

夫惟捷径以窘步?(在小路上寸步难行?)

  夫惟:语助词。

  捷径:小路。

  窘步:行走困难。是说桀纣走上小路,故寸步难行。

夫惟党人之偷乐兮,(那党人苟且偷安啊,)

  党人:指小人结党营私。

  偷乐:苟且偷安。

路幽昧以险隘。(走的路幽暗、狭隘又危险。)

  幽昧:幽暗。

  险隘:路狭隘而危险。

岂余身之惮殃兮,(我哪里怕灾祸呢,)

  惮(dàn)殃:惮,害怕。殃,灾祸。惮殃,害怕遭到灾祸。

恐皇舆之败绩。(我只害怕君王的车倾覆。)

> 皇舆：君王的车，比喻国家。
>
> 败绩：军队大败，兵车倾覆叫败绩，比喻国家败亡。

忽奔走以先后兮，（我在车前后迅速地奔走，）

> 忽：迅速的样子。
>
> 奔走以先后：在车前后奔走，以防车子倾覆，比喻自己努力照顾国家大事。

及前王之踵武。（希望赶得上前王的足迹。）

> 及：赶上、顺着的意思。
>
> 前王：指前面所说的三王和尧舜。
>
> 踵武：足迹。

荃不察余之中情兮，（君王不能体察我的真情啊，）

> 荃（quán）：香草，即荪，比喻楚王。

反信谗而齌怒。（反而相信了谗言而勃然大怒。）

> 齌（jì）怒：勃然大怒。

余固知謇謇之为患兮，（我本来就知道忠直只会惹来灾患，）

> 謇謇（jiǎn）：忠直的样子。
>
> 为患：惹来灾患的意思。

忍而不能舍也。（要忍却也忍不住。）

> 忍而不能舍：舍，止。忍而不能舍是说，想忍住却忍不住，想不忠直却办不到。

指九天以为正兮，（我指着上天发誓啊，）

> 九天：上天的意思。
>
> 正：证，上天作为证明，即指着上天发誓的意思。

夫唯灵修之故也。（一切都是为了君王的缘故。）

> 灵修：指楚王。

曰黄昏以为期兮，（你我约定以黄昏为期，）

羌中道而改路。（你为何半途改变了心意？）

初既与余成言兮，（原先既已和我约定好了，）

> 初：原先、原来。
>
> 成言：有了约定的意思。

后悔遁而有他。（又改变心意而有了他心。）

> 悔遁：反悔、改变心意。
>
> 有他：有他心。

余既不难夫离别兮，（我并不为离别而难过啊，）

> 不难夫离别：不害怕离别，指被楚王所疏远。夫，助词。

伤灵修之数化。（我只为君王的变心而伤心。）

> 数化：屡次改变心意。

【解析】

　　以上是第二小节，先引古代的帝王作为戒鉴，说明自己为何要如此努力，然后说到自己的忠直却只得来楚王的怒气，对于楚王的变心感到难过。本节有个特色，那就是所有的比喻都和路有关。尧

楚辞：泽畔的悲歌

舜找对了路，走上了康庄大道，桀纣却在小路上寸步难行。那些小人走的路是又幽暗又险隘，屈原怕楚王走上这条路而让车倾覆了，因此努力地想引导他走向尧舜的坦途。路的比喻我们常用，所以初读之下可能不觉得有什么特别。但仔细体会，你会发现屈原写得很好。尤其"忽奔走以先后"一句，很能描写屈原前后奔走，不辞辛劳的情形。这一句，使路和车的比喻完全生动起来。另外，"余既不难夫离别兮，伤灵修之数化"也写得好。难过的并不是和情人分手，难过的是情人变了心，完全不是以前和自己"成言"（山盟海誓）的那个人。这两句写感情写得很细腻。还有像"余固知謇謇之为患兮，忍而不能舍也。指九天以为正兮，夫唯灵修之故也"。剖心直陈，毫不保留，一言直达心里，语气又坚决，最能看出屈原忠直激切的性格。《离骚》里这一类的句子极多，这是我们要特别注意的。

余既滋兰之九畹兮，（我已经栽培了九畹的兰花。）

　　滋：栽、种。

　　畹（wǎn）：古代的田地面积单位，比亩还大，大概有一二十亩之多。

又树蕙之百亩。（又种植了百亩的蕙草。）

　　树：种植。

畦留夷与揭车兮，（种上一陇一陇的留夷和揭车，）

　　畦（qí）：田陇。这里当动词用，一陇一陇地种植的意思。

　　留夷、揭车：都是香草名。

杂杜衡与芳芷。(夹杂着杜衡与芳芷。)

冀枝叶之峻茂兮,(希望枝叶长得高大茂盛,)
  冀:希望。
  峻茂:高大茂盛。

愿俟时乎吾将刈。(等待适当的时候我要收割。)
  俟时:俟(sì),等待。俟时,等待适当时候,即等待各种香草长成的时候。
  刈(yì):收割。

虽萎绝其亦何伤兮,(即使被风雨摧折了也不必伤心,)
  萎绝:枯萎。香草枯萎,比喻君子受到陷害摧折。
  何伤:何必哀伤,有什么好哀伤。

哀众芳之芜秽。(最可悲的是竟然变成一片荒芜污秽。)
  芜秽:荒芜。香草荒芜,比喻君子变节,成为小人。
  以上两句是说,贤能受到摧折,尚不可悲,最可悲的是他们自己变节。

众皆竞进以贪婪兮,(众人都贪婪地追逐权势、财利。)
  竞进:指小人争相追逐权势。

凭不厌乎求索。(已经饱满了,还不知足地索求。)
  凭不厌:凭,满。不厌,不满足。凭不厌,是说已经装满了还不感到满足。
  索:也是求的意思。

羌内恕己以量人兮,（都以自己的心思去忖度别人,）
> 羌:发语词。
> 内恕己以量人:以己心去揣度他人,自己贪婪,就以为别人也贪婪,想跟他争东西。

各兴心而嫉妒。（纷纷地对他人生出了嫉妒。）
> 兴心而嫉妒:生出了嫉妒之心。

忽驰骛以追逐兮,（这样匆忙地奔驰追逐,）
> 忽:迅速的样子。
> 驰骛:奔驰之意。

非余心之所急。（不是我心所想的急务。）
> 以上两句是说,奔驰着去追逐权势财利,这并不是我急着要做的事。

老冉冉其将至兮,（渐渐地年纪就要老大了,）
> 冉冉:渐渐。

恐修名之不立。（我所怕的是美名还没有建立。）
> 修名:美名。
> 以上两句是说,我最着急的是年纪大了,还没有建立美名。

朝饮木兰之坠露兮,（早上啜饮着木兰的坠露,）
夕餐秋菊之落英。（傍晚咀嚼着秋菊的落花。）
> 落英:落花。

苟余情其信姱以练要兮,(如果我果真美好,心志果真坚定,)

　　信姱(kuā):信,实在。姱,美好。信姱,的确美好。

　　练要:精诚专一、心志坚定。

长顑颔亦何伤。(永远的落魄憔悴又有什么关系。)

　　顑颔(kǎn hàn):吃不饱面色饥黄的样子,引申为落魄憔悴的意思。

擥木根以结茞兮,(拿着木根串结上白芷,)

　　擥(qiǎn):持、拿。

　　木根:植物的根部。

　　结茞:把茞串结在木根上。茞,白芷。

贯薜荔之落蕊。(把薜荔的落蕊串结在一起。)

　　贯:串结。

　　薜荔:香草。

矫菌桂以纫蕙兮,(高举着菌桂来缠上蕙草,)

　　矫:举。

　　纫蕙:把蕙草缠在菌桂之上。

索胡绳之纚纚。(又把胡绳结成长长的绳子。)

　　索:绳索,这里当动词用,结成绳索的意思。

　　胡绳:香草。

　　纚纚(shǐ):形容绳索长长的样子。

謇吾法夫前修兮,(我所要效法的是古代的贤人,)

　　謇(jiǎn):发语词。

· 131 ·

>　　法：效法。
>
>　　夫：语助词。
>
>　　前修：前贤。

非世俗之所服。（不是世俗的人所能遵行。）

>　　服：穿。是说自己穿香草之服，与世俗不同，比喻自己的德行，不是世俗之人所能行的。

虽不周于今之人兮，（即使不能见容于现代人，）

>　　周：合。

愿依彭咸之遗则。（我也要效法彭咸的榜样。）

>　　彭咸：相传殷代的大夫，因其君不听劝谏，投水而死。
>
>　　遗则：留下来的模范、榜样。

【解析】

　　以上是第三小节，先以种植香草，比喻自己的引拔贤能。可惜这些人都变节，和一般小人一样，只知追逐权势与财利。而自己则坚持理想，"恐修名之不立"，不管别人如何贪婪与竞进，自己还是要"法夫前修"，即使因此而像彭咸一样的跳水自尽也在所不惜。在本节里，屈原为了强调自己跟众人不一样，一再提到香草。因此，我们可以看得出来，凡是屈原要坚定自己的心志，要攻击小人，他总要再一次地说自己摘香草、披香草甚至饮食香草之露或花等等。香草在《离骚》里，实在有驱邪（小人）及自我鼓舞的作用，其功效有如强心剂一般。另外，从"苟余情其信姱以练要兮,长颔颔亦何伤",我们再一次看到屈原那种坚决的心志。这种毫不保留的肯定的语气,充分表现了屈原忠直不屈的性格。

长太息以掩涕兮,(拭着眼泪,长声叹息,)

  掩涕:拭泪。

哀民生之多艰。(可哀啊人生为何如此的艰难。)

  民生:人生。

余虽好修姱以鞿羁兮,(我虽然注意打扮,又洁身自好,)

  好修姱(kuā):修,修饰,打扮。姱,美好。好修姱,喜欢把自己打扮得美好。

  鞿(jī)羁:束缚,这里是说,自我约束。

謇朝谇而夕替。(却早上一进谏,傍晚立刻被废逐。)

  謇:发语词。

  谇(suì):进谏。

  替:废弃,废逐。

既替余以蕙纕兮,(既责备我佩着蕙草,)

  替余:以什么罪名把我废逐。

  蕙纕(xiāng):纕,佩带。蕙纕,以蕙为佩带。

又申之以揽茝。(又斥责我不该手持白芷。)

  又申之:又加上。这里是说,又加上另一个罪名。

  揽茝:拿着白芷。茝,即白芷。

楚辞：泽畔的悲歌

亦余心之所善兮，（这都是我真心的喜好，）
　　善：喜好、爱好。

虽九死其犹未悔。（即使再死多少次也绝不后悔。）
　　九死：再死多少次的意思。九，形容次数之多。

怨灵修之浩荡兮，（可悲的是那君王糊里糊涂，）
　　灵修：指楚王。
　　浩荡：无思虑的样子，即糊涂的意思。

终不察夫民心。（始终不能了解我的真心。）
　　民心：人心，指屈原而言。

众女嫉余之蛾眉兮，（众女都嫉妒我的美貌，）
　　嫉余之蛾眉：嫉妒我长得好看。这里以男、女来比喻君臣关系。

谣诼谓余以善淫。（造谣说我生性淫荡。）
　　谣诼（zhuó）：造谣毁谤的意思。
　　谓：说。
　　善淫：指女子生性淫荡。

固时俗之工巧兮，（本来时俗就会投机取巧，）
　　工巧：善于取巧。

偭规矩而改错。（背弃了规矩胡作非为。）
　　偭（miǎn）规矩：偭，背弃。偭规矩，背弃法度的意思。
　　改错：错，置。改错，更改的意思，这里是说小人任意

下篇　泽畔的悲歌

更改法度，胡作非为。

背绳墨以追曲兮，（违背了法度走上邪曲的道路，）
　　　　背绳墨：也是违背规矩法度的意思。
　　　　追曲：走上邪曲不正之路。

竞周容以为度。（争着把圆滑、谄媚作为法则。）
　　　　周容：苟合取容，即行事圆滑，只求取媚于人的意思。
　　　　度：法则，以周容为做人行事的法则。

忳郁邑余侘傺兮，（抑郁烦闷啊我怅惘难过，）
　　　　忳（tún）郁邑：忳，忧愁郁闷的样子。
　　　　侘傺（chà chì）：不得志的样子。

吾独穷困乎此时也。（就独独只有我走投无路。）
　　　　穷困：处境困窘的意思。

宁溘死以流亡兮，（宁可突然死去，或者遭受放逐，）
　　　　溘（kè）：忽然。
　　　　整句是说，宁可突然死去，或者被放逐。

余不忍为此态也。（我不忍做出这样的丑态。）
　　　　此态：指前面所说，小人的偭规矩、背绳墨、竞周容。

鸷鸟之不群兮，（鸷鸟不肯和凡鸟同群啊，）
　　　　鸷（zhì）鸟：猛禽，如鹰之类。
　　　　不群：不和凡鸟同群。

自前世而固然。（自前代以来就是这样。）

· 135

固然：本就如此。

何方圆之能周兮，（方和圆怎能彼此相容，）

方圜：方圆。圜，同圆。

周：合。

夫孰异道而相安？（不同道的人谁又能相安无事？）

孰：谁。

异道：不同道。

相安：相安无事。

屈心而抑志兮，（压抑自己、委屈自己，）

屈心抑志：委屈自己，压抑自己去顺从流俗，去跟小人做同等的行为。

忍尤而攘诟。（这是忍耻而含辱。）

忍尤攘（rǎng）诟：尤，过失。攘，取。诟，辱。

以上两句是说，如果委屈自己去顺从小人，就是忍耻含辱。

伏清白以死直兮，（保持清白，死于正道，）

伏清白：伏，即服；伏清白，即保持清白之意。

死直：为直道而死。

固前圣之所厚。（本就是前代圣人所赞许。）

厚：赞许的意思。

【解析】

　　以上是第四小节，写小人如何陷害自己，小人的行为如何卑劣，但不论自己的处境如何窘困，是不会屈服的，自己仍旧要坚持本有的原则和理想。在这节里，我们能看出屈原坚决的语气和不妥协的性格。像"亦余心之所善兮，虽九死其犹未悔""宁溘死以流亡兮，余不忍为此态也"，真是表现了一往无前，不惜为正道而牺牲的精神。在末尾以鸷鸟自比，又以方圆比君子、小人的不能相合，把自己跟小人的界限截然划清，又说"伏清白以死直兮，固前圣之所厚"，还是这种不妥协精神的具体表现。

悔相道之不察兮，（后悔自己没有把路看清楚，）

　　　　相道：相，看。道，路。相道，视察道路。

　　　　不察：没有看清楚。

延伫乎吾将反。（默默地站着，准备回去。）

　　　　延伫：长久伫立的意思。

　　　　反：同返。

　　　　以上两句是说，自己没有把路看清楚，走错了路，现在准备掉转头回来。

回朕车以复路兮，（掉转车子回到原路吧，）

　　　　朕车：我的车子。

　　　　复路：回到原来的路上。

及行迷之未远。（趁着迷途还没有走得太远。）

  及：趁。

  行迷：迷途的意思。整句是说，趁着迷途还没走得太远，赶快回来。

步余马于兰皋兮，（控着马在兰皋缓缓而行，）

  步：让马慢走叫步。

  兰皋：皋，水旁之地。因上面长有兰草，所以叫兰皋。

驰椒丘且焉止息。（奔驰到椒丘上暂且休息。）

  椒丘：土丘上长着椒树，所以叫椒丘。

  且焉止息：且，暂且。焉，指示词，指椒丘。止息，休息。

进不入以离尤兮，（既然进身不得，反而获罪，）

  进不入：进，指进身于君前。不入，指不为楚王所用。进不入，是说自己想在政治上有所作为，却不为君王所用。

  离尤：离，同罹，遭遇。尤，过失。离尤，获罪的意思。

退将复修吾初服。（那就隐退下来整修原来的服饰。）

  复修吾初服：重新整理我原来的衣服。这里原来的衣服是暗示原来的志向。

  以上两句是说，既然在政治上遇到挫折，就退回来，以便保持自己原来的心志。

制芰荷以为衣兮，（把菱、荷的叶子制成上衣。）

  芰（jì）：菱。

下篇 泽畔的悲歌

集芙蓉以为裳。（又拿芙蓉缀集成下裳。）

  衣、裳：上身所穿的叫衣，下身所穿的叫裳。

不吾知其亦已兮，（不了解我也就算了吧，）

  不吾知：不知吾，不了解我。

  其亦已兮：已，止。其亦已兮，算了吧。

苟余情其信芳。（只要我果真美好芬芳。）

  苟：如果、只要。

  信芳：信，果真、确实。信芳，果真芳香美好。

高余冠之岌岌兮，（戴着高高的帽子。）

  岌岌（jí）：高的样子。

长余佩之陆离。（系着长长的衣佩。）

  陆离：长的样子。

芳与泽其杂糅兮，（芳香与光泽充满一身，）

  芳与泽：芳香与光泽。

  杂糅（róu）：交杂、交集，是说芳香与光泽集于一身。

唯昭质其犹未亏。（清白的本质毫未亏损。）

  唯：语助词。

  昭质：清白的本质。

  未亏：没有亏损。

忽反顾以游目兮，（忽然回过头来四处眺望，）

  反顾：回头看。

游目：纵目四望。

将往观乎四荒。（我要到极远的四方观览。）

四荒：四方最荒远之地。

佩缤纷其繁饰兮，（佩戴着缤纷的装饰，）

缤纷：众多的样子。

繁饰：佩戴了许多装饰之物。

芳菲菲其弥章。（更显得芳香弥漫。）

芳菲菲：芳香弥漫的样子。

弥章：弥，更。章，同彰，明的意思。弥章指香气更明显可闻。

民生各有所乐兮，（人生各有各的喜好，）

民生：人生。

所乐：所喜好的东西。

余独好修以为常。（我独独爱好修饰，成了习惯。）

好修：喜好修饰，比喻自己努力进德修业。

虽体解吾犹未变兮，（即使把我肢解了也不会改变，）

体解：肢解。

岂余心之可惩？（我哪里会因此而后悔？）

惩：后悔。

下篇　泽畔的悲歌

【解析】

　　以上是第五小节，写自己在仕途上不得意，准备从此隐退，以便保持自己清白的心志。从开头写到这里，第一大节可以说告一段落。一方面，从政坛隐退，表示自己从此对人世绝望，自己所能做的，只是"复修吾初服"；一方面，从感情上来说，当诗人说到"虽体解吾犹未变兮，岂余心之可惩？"时，其不妥协的性格已表现到极点。我们感觉到，他已无法在这现实人世再处下去。所以，他决定"将往观乎四荒"。这是结束，结束他跟这龌龊的小人世界的关系；这也是个开始，开始他往另外一个世界的追寻。接着底下第二、第三大节，写的就是他整个追寻的过程。我们可以看得出来，整个第一大节，完全是屈原对现实人世的批评，是他以自己的志节与小人贪鄙截然对比的过程。这一连串的对比，是以"反复凌乱、哀怨无端"的笔法来表现的。我们只觉得是屈原一个人在那边时而喃喃诉怨，时而愤怒地控诉。那是一个身处绝境的人无法可想时唯一解脱的"方法"。读这一整节时，假如你也有"我本无罪，奈何至此"的类似感受，那你可能会同意清代词人纳兰容若的一句话，那就是："读《离骚》，愁似湘江日夜潮。"

哀高丘之无女

女嬃之婵媛兮，（阿姊关心我，）

　　　　女嬃（xū）：嬃，楚国人把姐姐叫作嬃。女嬃，指屈原的

· 141 ·

姐姐。

婵媛：关心的样子。

申申其詈予，曰：（再三地责骂我说：）

申申：再三地。

詈（lì）：责骂。

"鲧婞直以亡身兮，（"鲧因刚直而亡身，）

鲧（gǔn）：夏禹的父亲。

婞（xìng）直：刚直。

终然夭乎羽之野。（终于死在羽山之野。）

终然：终于。

夭：死。

羽之野：羽山之野。

汝何博謇而好修兮，（你为何要博学、忠直，又爱好修饰，）

博謇（jiǎn）：博，博学。謇，忠直。

好修：喜好修饰。

纷独有此姱节？（独独有这么多美好的行为？）

纷：众多的样子。

姱（kuā）节：姱，美好。姱节，美好的行为的意思。

薋菉葹以盈室兮，（别人满屋子的薋、菉、葹等恶草，）

薋（cí）、菉（lù）、葹（shī）：三种都是恶草，比喻小人。

盈室：盈，满。盈室，是说满室都是恶草。

下篇 泽畔的悲歌

判独离而不服。（你为何要与众不同，不肯采用！）

  判：离群而独立的样子。

  不服：不穿、不用，指不用上句所说的恶草。

众不可户说兮。（我们既不能挨家挨户地去说明，）

  户说：挨家挨户地去说服他们。

孰云察余之中情？（谁又能了解我们的真情？）

  孰：谁。

世并举而好朋兮，（一般人都成群结党，朋比为奸，）

  并举：举，皆。并举，"都是"的意思。

  朋：成群结党的意思。

夫何茕独而不予听？"（你为何要孤孤单单的，不肯听我劝告？"）

  茕（qióng）独：孤独。

  不予听：不听我的话。

【解析】

  以上是第二大节第一小节，写女媭劝屈原不要太固执，不要太清高太忠直，最好顺从流俗，跟一般人一样地作为。这样的劝责，当然使我们更进一步认识到屈原那种刚直而不肯妥协的性格。

依前圣以节中兮，（想向古代圣人求取做人的准则，）

  节中：折中，指求得行为的准则。

喟凭心而历兹。（我又感叹又愤慨地到了这里。）

楚辞：泽畔的悲歌

　　　　喟（kuì）：叹息的样子。

　　　　凭心：内心愤懑不平的意思。

　　　　历兹：到这里。指下文渡沅湘到舜所葬之地。

济沅、湘以南征兮，（渡过沅、湘到了南方，）

　　　　济：渡。

　　　　沅、湘：均水名，在湖南省境内。

　　　　南征：南行。

就重华而陈词。（我向重华陈述衷情。）

　　　　重华：舜。相传舜死在南方，葬在湖南九嶷山。

　　　　陈词：陈述衷情，陈诉怀抱的意思。

　　　　以上四句是说，因女媭责备屈原，所以屈原到舜所葬之地向舜陈情，问他自己应该怎么做才对。

启九辩与九歌兮，（启得了《九辩》《九歌》等乐曲，）

　　　　启：夏禹的儿子。

　　　　九辩、九歌：均为古代乐曲，相传是启从天上偷下来的。

夏康娱以自纵。（贪图安逸享乐，只会放纵自己。）

　　　　夏：夏朝，即指启。

　　　　康娱：安逸享乐的意思。

　　　　自纵：放纵自己，不加约束。

不顾难以图后兮，（不顾虑危难，不考虑后果，）

　　　　不顾难图后：没有顾虑到会有危难，没有考虑到后果。

五子用失乎家巷。（五观因此作乱，夏朝起了内讧。）

下篇 泽畔的悲歌

  五子：五观，启的小儿子，曾经作乱。

  用：因此。

  巷：通"讧"。家巷，家有内讧的意思。

羿淫游以佚畋兮，（后羿过度的游乐、畋猎，）

  羿（yì）：后羿。夏朝中衰，后羿曾经占了夏朝的帝位。

  淫游：游乐过度的意思。

  佚（yì）畋（tián）：佚，放肆。畋，打猎。佚畋，是说非常喜好打猎。

又好射夫封狐。（又喜爱射猎大狐。）

  封狐：封，大。封狐，大狐。

固乱流其鲜终兮，（淫乱的人本来就少有好结果，）

  乱流：淫乱之辈。

  鲜终：少有好结果。

浞又贪夫厥家。（寒浞又霸占了他的家室。）

  浞（zhuó）：寒浞。

  贪夫厥家：厥，他的。家，指妻室。寒浞贪恋后羿的妻子，杀了后羿，加以强占，所以说贪夫厥家。

浇身被服强圉兮，（浇生性强武好斗，）

  浇：寒浞的儿子。

  被服强圉（yǔ）：被服，披服。强圉，强武有力。被服强圉，是说生性强武好斗。

纵欲而不忍。（一味地纵欲，不能自我节制。）

· 145

不忍：不能自我节制。

日康娱而自忘兮，（天天安逸享乐，忘了自身的安危，）

  康娱：安逸享乐的意思。

  自忘：是说安逸享乐得忘了自身的安危。

厥首用夫颠陨。（他的头因此被砍断坠落。）

  厥首：他的头，指浇。

  用：因此。

  颠陨（yǔn）：掉下来。整句是指浇后来被少康所杀，头被砍断。

夏桀之常违兮，（夏桀一再地违背正道，）

  常违：常常违背正道。

乃遂焉而逢殃。（终于遭遇了灾祸。）

  遂焉：终于的意思。

  逢殃：遭遇灾祸。

后辛之菹醢兮，（纣王把人剁成肉酱。）

  后辛：纣王。

  菹（zū）醢（hǎi）：菹，腌菜。醢，肉酱。菹醢，是说把人剁成肉酱。纣王曾经把比干、梅伯两人剁成肉酱。

殷宗用而不长。（殷朝因此不能久长。）

  殷宗：宗，宗祀。殷宗，即殷朝（商朝）的政权的意思。

  用：因此。

下篇 泽畔的悲歌

汤、禹俨而祗敬兮，（汤、禹敬畏上天，虔敬无比，）

　　俨（yǎn）：畏。

　　祗（zhī）敬：对神虔敬的意思。

周论道而莫差。（周朝讲论道义，不犯差错。）

　　周：指周朝的文王、武王。

　　论道：讲论道义。

　　莫差：没有差错。

举贤而授能兮，（举用贤才，把政事交给能干的人，）

循绳墨而不颇。（遵循法度规矩，毫不偏颇。）

　　绳墨：指规矩法度。

　　颇：偏。

皇天无私阿兮，（上天不会有偏私啊，）

　　皇天：上天。

　　私阿（ē）：偏私、偏袒。

览民德焉错辅。（他看谁有德就辅助谁。）

　　览：观察。

　　错辅：错，置。辅，助。错辅，即辅助的意思。

夫维圣哲以茂行兮，（只有圣哲那美好的德行，）

　　维：同惟，只有。

　　茂行：美行的意思。

苟得用此下土。（才能够享有这整个天下。）

瞻前而顾后兮,(看看古代,再看看现在,)
  瞻前顾后:有纵观古今的意思。

相观民之计极。(仔细观察人们行事的准则。)
  相观:相,看。相观,观察的意思。
  计极:计,谋虑。极,原则。计极,是说行事之原则的意思。

夫孰非义而可用兮,(谁能够不义而行得通?)
  孰:谁。

孰非善而可服?(谁能够不善而走得下去?)
  可服:可用,可行。

阽余身而危死兮,(即使置身于危险、死亡的境地,)
  阽(diàn):濒临险境的意思。

览余初其犹未悔。(反省自己的本心,我绝不后悔。)
  览余初:观察、反省我的初心。
  以上两句是说,虽然我会置身于危险、死亡之境,但反省一下自己的初心,我还是不后悔。

不量凿而正枘兮,(不肯量斧孔的大小来削斧柄,)
  凿:斧上插柄的孔。

苟:才能够、才可以的意思。
用:享有。
下土:天下的意思。

枘（ruì）：斧柄插入斧孔中的一端叫枘。

整句是说，不肯量一下斧孔有多大，再把斧柄削成可以插进去的大小程度。比喻自己不肯俯顺世俗。

固前修以菹醢。（本来就是前贤被剁成肉酱的原因。）

前修：前贤。

曾歔欷余郁邑兮，（一再地唏嘘感叹啊我抑郁不乐，）

曾歔欷（xū xī）：一再地唏嘘叹息。

郁邑：抑郁不乐的意思。

哀朕时之不当。（可哀啊我如此的生不逢辰。）

朕时：我所生长的时代。

不当：不值，生的不是时候，即生不逢辰的意思。

揽茹蕙以掩涕兮，（拿起柔软的蕙草来擦拭眼泪，）

茹（rú）蕙：茹，柔。茹蕙，柔软的蕙草。

掩涕：拭泪。

沾余襟之浪浪。（那泪水滚滚，已沾湿了衣襟。）

襟：衣襟。

浪浪（láng）：泪流不止的样子。

【解析】

以上是第二小节。在前一小节里，女媭指责屈原不该如此固执，因此在这里，屈原充满了委屈，向舜哭诉。他一再地反省，一再地检讨，一再地举古代暴乱者亡国、有德者兴盛的例子来证明："夫孰非义而可用兮，孰非善而可服？"不是这样吗？那么，我这样的行善守义，为何会有如此的窘境？在这里，我们可以看出屈原的"傻劲"，他一一列举古代的例子来证明善有善报、恶有恶报的道理，真是可叹又可敬，让人心酸，也可以看出屈原的迷惑：既然如此，他为何会有今天，还被女媭所责骂，好像真的是他错了似的？这一小节初读之下也许会觉得啰唆，然而，如能体会到以上所说的两点，你会觉得，这一整节其实是非常感人的。

跪敷衽以陈辞兮，（展开衣襟跪着陈诉衷情，）

  敷衽（rèn）：敷，展开。衽，衣的前襟。

耿吾既得此中正。（我已经清楚地找到正道。）

  耿：光明，这里当副词用，有"清楚地"的意思。

  中正：中正之道。即前面所说的"孰非义而可用，孰非善而可行？"

驷玉虬以乘鹥兮，（驾着玉虬，乘着凤凰车，）

  驷：驾。

  玉虬（qiú），无角龙。虬身上的马勒等物以玉装饰，所以叫玉虬。

  鹥（yì）：凤凰。

溘埃风余上征。（我迅速地乘风往天上飞行。）

  溘（kè）埃风：溘，迅速的样子。埃风，风扬着尘埃，所以叫埃风。溘埃风，迅速地乘风而行的意思。

上征：往天上飞行。

朝发轫于苍梧兮，（早上从苍梧出发。）

发轫（rèn）：出发、动身。

苍梧：地名，即九嶷山。屈原在这里向舜陈词。

夕余至乎悬圃。（傍晚到达了悬圃。）

悬圃：在昆仑山（传说中的仙山）。

欲少留此灵琐兮，（想要在这神灵的所在逗留片刻。）

少留：稍微停留。

灵琐：神人所居之地的宫门，这里指神人所居之地。

日忽忽其将暮。（太阳匆匆地就要落下西方。）

忽忽：迅速的样子。

吾令羲和弭节兮，（我叫羲和慢慢地驾着车子，）

羲和：太阳神。

弭（mǐ）节：让马车慢慢地走叫弭节。

望崦嵫而勿迫。（那崦嵫山暂且不要靠近。）

崦嵫（yān zī）：神话中太阳所落之山。

迫：近。

以上两句是说，叫羲和把太阳之车停住，不要落下去的意思。

路曼曼其修远兮，（道路漫漫又遥远啊，）

曼曼：漫漫，漫长的样子。

· 151

> 修远：修，长。修远，即遥远的意思。

吾将上下而求索。（我要上上下下地追寻。）

> 求索：索也是求的意思。求索，寻求、追寻。

饮余马于咸池兮，（让我的马在咸池喝水，）

> 咸池：神话中的天池，太阳沐浴之所。

总余辔于扶桑。（系我的马缰在扶桑木上。）

> 总辔（pèi）：把马缰系住叫总辔。
>
> 扶桑：神木，长在日出之处。

折若木以拂日兮，（折下若木来遮蔽太阳，）

> 若木：也是神木，有人说即是扶桑。
>
> 拂日：遮蔽太阳。

聊逍遥以相羊。（暂且在这里逍遥徜徉。）

> 相羊：徜徉。

前望舒使先驱兮，（前面命望舒领路，）

> 望舒：神话中驾月神之车的人。
>
> 先驱：在前面领路。

后飞廉使奔属。（后面叫飞廉跑着跟随。）

> 飞廉：风神。
>
> 奔属：在后面跟着跑。

鸾皇为余先戒兮，（鸾鸟、凤鸟作先行的护卫，）

> 鸾皇：鸾，鸾鸟。皇，凰鸟（雌凤）。

下篇　泽畔的悲歌

先戒：在车子前面戒备、护卫。

雷师告余以未具。（雷神却告诉我行装还没有准备。）

雷师：雷神。

未具：还没准备好。

吾令凤鸟飞腾兮，（我命凤鸟不停地飞腾，）

继之以日夜。（白天过去了，再接续着黑夜。）

飘风屯其相离兮，（暴风聚合着又散开了，）

飘风：暴风。

屯其相离：屯，聚。屯其相离，是说风时聚时散。

帅云霓而来御。（率领着云霓来迎接。）

帅：率领。

御：迎接。

纷总总其离合兮，（那纷纷的云朵乍离乍合，）

纷总总：形容众多的样子。

整句形容云霓忽离忽合的样子。

斑陆离其上下。（飘飘忽忽地上下不定。）

斑陆离：形容参差错综的样子。

整句形容云霓上下飘忽的样子。

吾令帝阍开关兮，（我叫帝阍替我打开天门，）

帝阍：替天帝守门的人。

· 153

倚阊阖而望予。（他却倚着天门不理不睬地望着我。）

  阊阖（chāng hé）：天门。

  整句是说，帝阍望着我，根本不理睬我的叫门。

时暧暧其将罢兮，（天色将晚，人也疲倦了，）

  暧暧（ài）：昏暗不明的样子。

  将罢（pí）：罢，即疲。将罢，是说天晚人也疲倦了。

结幽兰而延伫：（我手持着幽兰默默伫立。）

  结：折下树枝、花朵来拿在手中。

  延伫：长久伫立。

世溷浊而不分兮，（人世间是这样的混浊，不分善恶，）

  溷（hùn）浊：混浊。

  不分：不分是非善恶。

好蔽美而嫉妒。（只会嫉妒，只会隐蔽别人的美德。）

  蔽美：阻碍好人，让他们不得志。

【解析】

  以上是第三小节，写屈原从舜那里求得中正之道后开始往天上追寻。然而，经过一连串地寻求之后，却没想到帝阍不肯为他开门，看来天上也跟人间一样，都是奸邪得势，所以屈原只有感叹着说："世溷浊而不分兮，好蔽美而嫉妒。"看来他到什么地方去，都是不得意的。

朝吾将济于白水兮,（早上我要渡过白水,）

　　济：渡过。

　　白水：神话中的江水,发源于昆仑山。

登阆风而绁马。（系马在阆风山上。）

　　阆(làng)风：神话中的山,在昆仑山上。

　　绁(xiè)马：绁,系。绁马,系马。

忽反顾以流涕兮,（我回头观望,不禁流下泪来,）

　　忽反顾：忽然回头望。

哀高丘之无女。（可哀啊,这高山上竟然没有美女。）

　　高丘：指昆仑山与阆风,即指仙山的意思。

　　无女：没有美女。女,指神女。

　　以上是说自己到昆仑山上找神女,却找不到。

溘吾游此春宫兮,（我迅速地来到东方的春宫,）

　　溘(kè)：迅速的样子。

　　春宫：古代传说天上有东西南北及中央五帝,东方青帝所居叫春宫。

折琼枝以继佩。（折下琼枝来结着玉佩。）

　　琼枝：琼树之枝。

　　继佩：继,结。继佩,即用琼枝将玉佩结在衣服上的意思。

及荣华之未落兮,（趁着容颜还未衰谢,）

　　及：趁。

　　荣华：花,这里比喻容颜。

未落：花未落，比喻容颜未衰，即年纪还轻的意思。

相下女之可诒。（我要寻找那人间的美女。）

相：看，观察，寻找。

下女：人间之女。

诒（yí）：赠送。

整句是说，既然仙山上没有神女，则寻找看看人间有没有女子值得赠送她信物的。

吾令丰隆乘云兮，（我叫丰隆乘云飞行，）

丰隆：云神。

求宓妃之所在。（去寻求宓妃的居所。）

宓妃：相传伏羲氏之女，溺死洛水，遂为洛水女神。

解佩纕以结言兮，（解下佩带来寄托心意，）

佩纕（xiāng）：佩带。

结言：寄意。

吾令蹇修以为理。（我叫蹇修替我做媒。）

蹇（jiǎn）修：人名，相传是伏羲氏之臣。

理：媒人的意思。

纷总总其离合兮。（那宓妃率领着缤纷的随从降临，）

纷总总其离合：这里形容宓妃降临，随从众多的样子。

忽纬繣其难迁。（忽然又乖戾地拒绝了我，突然离去。）

纬繣（wěi huà）：乖戾的样子。难迁：难以移动，难以说动,即拒绝。

夕归次于穷石兮,(傍晚她到穷石山去休息,)

次:停留下休息。

穷石:山名。

朝濯发乎洧盘。(早上她在洧盘水边洗发。)

濯(zhuó)发:洗发。

洧(wěi)盘:水名。

保厥美以骄傲兮,(靠着她的美貌,她就骄傲自大,)

保:这里有凭恃的意思。

厥:她的,指宓妃。

日康娱以淫游。(贪图安逸,只会天天游乐。)

康娱:安逸享乐。

淫游:游乐过度的意思。

虽信美而无礼兮,(纵然她美丽,但傲慢无礼,)

信美:信,的确、实在。信美,确实美貌无比的意思。

来违弃而改求。(走吧!就放弃她再另外寻求。)

违弃:放弃,是说不再追求宓妃。

改求:另外去追求别的女子。

览相观于四极兮,(寻找、观察了极远的四方,)

览、相、观:三字都是观察、寻找的意思。

四极:四方极远之地。

楚辞：泽畔的悲歌

周流乎天余乃下。（周游了天上我下降到人间。）
　　周流：周游的意思。
　　整句是说，在天上周游观察之后，才下降到人间。

望瑶台之偃蹇兮，（望着高高的瑶台。）
　　瑶台：瑶，玉名。瑶台，形容台之美，所以叫瑶台。
　　偃蹇：高的样子。

见有娀之佚女。（看见那有娀国美女。）
　　有娀（sōng）：国名。
　　佚（yì）女：美女。有娀之佚女，指帝喾的妃子简狄，商朝始祖契的母亲。

吾令鸩为媒兮，（我叫鸩鸟为我做媒。）
　　鸩（zhèn）：鸟名。

鸩告余以不好。（鸩鸟却说那女子不美。）
　　不好：是说，鸩告诉我说，有娀之女并不美好。鸩不肯做媒，所以才这样说。

雄鸠之鸣逝兮，（雄鸠从头上飞鸣而过，）
　　鸣逝：飞鸣而过。

余犹恶其佻巧。（我又嫌恶它佻巧轻薄。）
　　恶：厌恶。
　　佻（tiāo）巧：讲话口气轻薄的意思。
　　以上两句是说，想请雄鸠做媒，但又厌恶它太轻薄。

下篇　泽畔的悲歌

心犹豫而狐疑兮，（我内心犹豫狐疑，）

欲自适而不可。（想要自己去又觉得不可以。）

　　自适：适，往。自适，自己去。不可：没有自己做媒的道理，所以说"不可"。

凤鸟既受诒兮，（凤鸟已经受了委托，）

　　受诒（yí）：诒，赠送，这里指礼物。受诒，带了礼物去说媒的意思。

恐高辛之先我。（恐怕高辛氏就要抢先了我。）

　　高辛：帝喾。

　　以上两句是说，凤鸟受高辛之托，已带了礼物去说媒，比我抢先了一步。

欲远集而无所止兮，（想要到远地去又无处停留，）

　　远集：集，栖息。远集，到远处停留的意思。

聊浮游以逍遥。（就暂且在这里逍遥、漫游。）

　　浮游：漫游。

及少康之未家兮，（趁着少康尚未成家，）

　　及：趁。

　　未家：尚未成家。

留有虞之二姚。（赶快留下有虞国的二女。）

　　有虞：国名。少康逃到有虞时，有虞把两个女儿嫁给少康。

以上两句是说，趁着少康尚未娶有虞之二女，赶快先娶过来。

理弱而媒拙兮，（媒人没有能力，口才又笨拙，）

  理弱媒拙：弱，没有能力。拙，口才笨拙。整句是说，媒人既无能力，又无口才。

恐导言之不固，（只恐怕传话传得不稳妥。）

  导言：传话。

  不固：不稳固，不可靠。

世溷浊而嫉贤兮，（人世混浊只会嫉妒贤才啊，）

  溷浊：混浊。

好蔽美而称恶。（就会隐蔽美德，称扬邪恶。）

  蔽美称恶：隐善而扬恶的意思。

闺中既以邃（suì）远兮，（闺中既如此深远，）

  邃远：深远。

哲王又不寤。（明哲的君王又始终不觉悟。）

  哲王：贤智之君，指楚王。

怀朕情而不发兮，（满怀的衷情无可表达，）

  朕：我。

  不发：无法表达。

余焉能忍而与此终古？（我怎能如此忍受到长久？）

  焉能：焉，安，怎。焉能，怎能。

忍：忍耐、忍受。

与此终古：永远处在这种情况之下的意思。

【解析】

　　以上是第四小节，写屈原求女的过程。先到仙山之上寻求，但"高丘无女"，只好转向人间追寻。先后求宓妃、有娀之佚女及有虞之二女，但也都纷纷失败。我们可以看得出来，求女的过程其实是象征屈原跟楚王的关系，是屈原想跟楚王建立特殊的君臣关系，希望楚王能够相信他、任用他。求女的失败，也就表示楚王不接受屈原的恳求。所以屈原最后说："闺中既以邃远兮，哲王又不寤。"楚王就好比那深闺的女子，处在深闺之中，已经不容易接近了，再加上小人的蒙蔽（本节以媒人不能达成使命来象征），他又不醒悟，屈原当然只有永远被疏远了。

　　第二大节到这里完全结束。在这一节里，屈原先是被女媭责骂，只好找重华（舜）哭诉。哭诉以后，觉得自己并没有错，接着动身开始追寻，先飞行到天上找天帝，然而，帝阍却不肯开门。再追求天上人间的女子，又一一失败。所以在一整节里，屈原的追寻完全落空。于是屈原只好改变心意，想做另外一种追寻了。这是下面第三大节所要写的。

忽临睨夫旧乡

索藑茅以筵篿兮,（拿了藑茅和竹子来占卜,）

  索：取。

  藑（qióng）茅：草名，可用来占卜。

  以：与。

  筵（tíng）：折断成一小段一小段的竹子。

  篿（zhuān）：以藑茅和竹子来占卜叫作篿。

命灵氛为余占之。（请灵氛替我决断吉凶。）

  灵氛：古代擅长占卜吉凶的人。

曰："两美其必合兮,（他说："两美必定能相合,）

  两美必合：比喻良臣必遇明君。

孰信修而慕之?（有谁确实美好而别人不爱慕?）

  孰：谁。

  信修：确实美貌。信，的确、实在。修，美。

  慕：爱慕。

思九州之博大兮,（想想天下是如此广大,）

  九州：天下的意思。

岂唯是有其女?"（哪里会只有此地有美女?"）

  唯是：是，此，这里。唯是，只有这里。

曰："勉远逝而狐疑兮,（又说："到远地去吧，不要犹疑,）

勉：勉励之词，劝人努力的意思。

远逝：到远地去。

孰求美而释女？（谁会寻求美女而把你舍弃？）

释女：女，同汝。释女，舍弃你、放过你。

何所独无芳草兮，（何处没有芳草呢，）

何所：何处。

尔何怀乎故宇？（你何必眷恋着故土？）

尔：你。

怀：眷恋。

故宇：故国、故乡。

世幽昧以眩曜兮，（人世间又昏暗又惑乱，）

幽昧：幽暗不明。

眩曜：本指日光强烈，引申为惑乱的意思。

孰云察余之善恶？（谁能够了解我们的善恶？）

民好恶其不同兮，（人的好恶本来就不同，）

惟此党人其独异，（这里的小人尤其特异！）

惟：语助词。

党人：指小人。

户服艾以盈要兮，（家家把艾草挂满了腰间，）

艾：恶草。

盈要：盈，满。要，腰。盈要，是说人人拿艾草来佩带在腰上。

谓幽兰其不可佩。（却说幽兰不可佩带。）

  谓：说。

  佩：佩带。

览察草木其犹未得兮，（观察草木都还不能分辨清楚，）

  整句是说，连草木的好坏都分不清楚。

岂珵美之能当？（哪里能知道美玉的价值？）

  珵（chéng）：美玉。

  当：值，即估价的意思。

苏粪壤以充帏兮，（取了粪土填满香囊，）

  苏：取。

  粪壤：粪土。

  充：填满。

  帏（wéi）：香囊。

谓申椒其不芳。"（却说申椒一点也不芬芳。"）

【解析】

  以上是第三大节第一小节。在上一节的最后一小节里，屈原到处追寻美女，却毫无所获。这里灵氛告诉屈原，虽然楚国找不到，还可以到外地去寻求。只要自己有才，还怕别人不知道吗？既然这里的小人已不可救药，何必对故国眷恋不舍呢？在战国时期，游说之风极盛，本国不能用，到他国寻找机会的人多的是。灵氛就是暗示屈原，既然楚王已经不再用你，何不到外地求发展呢？

欲从灵氛之吉占兮，（想要听从灵氛的吉占，）

　　　　吉占：所占卜的事吉利可行叫吉占。

心犹豫而狐疑。（内心又犹豫狐疑。）

巫咸将夕降兮，（巫咸要在黄昏时降临，）

　　　　巫咸：古代有名的神巫。

怀椒糈而要之。（我怀着椒香和粳米去邀请。）

　　　　怀：藏在怀里。

　　　　椒糈（xǔ）：椒，香草。糈，粳米。椒、糈用来迎神、享神。

　　　　要：邀，迎接的意思。

百神翳其备降兮，（百神全都降临，遮蔽了天日，）

　　　　翳（yì）：遮蔽，是说人数之多，遮蔽了天日。

　　　　备降：备，全部的意思。备降，全都降临。

九疑缤其并迎。（九嶷山诸神也纷纷地去迎接。）

　　　　九疑：指九嶷山诸神。

　　　　缤：缤纷，众多的样子。

皇剡剡其扬灵兮，（光辉闪闪啊众神显现威灵，）

　　　　皇剡剡（yǎn）：皇，同煌，光明的样子。剡剡，光辉闪闪的样子。

扬灵：显现威灵。

告余以吉故。曰：（告诉我吉利的缘故。说：）

吉故：吉利的原因，即说明远去为何吉利。

"勉升降以上下兮，（"去吧，上天下地去寻找吧，）

升降上下：上天下地，努力追寻的意思。升，即升。

求榘镬之所同。（去寻求心志所相同的人。）

榘镬（jǔ yuē）：规矩法度的意思。

整句是说，寻求与自己遵守同样法度的人，即寻找同心同德之人的意思。

汤、禹严而求合兮，（汤、禹都虔敬地求过同志，）

严：俨，敬的意思。

求合：寻求志同道合的人。

挚、咎繇而能调。（求到了伊尹、皋陶而和谐相处。）

挚：伊尹，汤时贤相。

咎繇（jiù yáo）：皋陶，禹时贤臣。

调：和谐的意思。

以上两句是说，汤禹求贤臣，得了伊尹、皋陶，君臣相处和谐。

苟中情其好修兮，（只要内心真正地喜好修饰，）

好修：爱好修饰。

又何必用夫行媒。（又何必用得着媒人。）

行媒：媒人的意思。

说操筑于傅岩兮,(傅说操版筑墙于傅岩,)

  说(yuè):指傅说,殷王武丁之贤相。

  操筑:操,持、拿。筑,筑墙所用之版。

  傅岩:地名。

武丁用而不疑。(武丁重用他,毫不迟疑。)

  相传傅说原是奴隶,正做苦工筑墙时被武丁看到,武丁重用他,殷朝因此中兴。

吕望之鼓刀兮,(吕望操刀割肉,)

  鼓刀:动刀子。相传姜太公原为屠夫,所以说他"鼓刀"。

  吕望:姜太公。

遭周文而得举。(遇到了文王,终于被提拔。)

  周文:周文王。

  举:提拔重用的意思。

宁戚之讴歌兮,(宁戚叩着牛角唱歌,)

  宁戚:齐桓公的贤臣。

  讴(ōu)歌:唱歌的意思。

齐桓闻以该辅。(齐桓公听到了,用他当辅佐。)

  宁戚原是商人,相传齐桓公听到他敲着牛角唱歌,于是开始重用他。

  该辅:该,备。该辅,以备辅佐的意思。

及年岁之未晏兮,(要趁着年纪还没有老大,)

  及:趁着。

  未晏：未晚，即年纪还不大的意思。

时亦犹其未央。（趁着时光还没有过尽。）

  未央：未尽。

恐鹈鴂之先鸣兮，（怕的是鹈鴂发出了哀鸣声，）

  鹈鴂（tí jué）：鸟名，啼声哀切。

使夫百草为之不芳。"（使得百草消失了芬芳。"）

  鹈鴂开始叫，春天就要过去，百草就要丧失了芬芳，所以说"使夫百草为之不芳"。

【解析】

  以上是第二小节。屈原对灵氛的话还是有点犹疑不决，所以又请巫咸替他占卜吉凶。巫咸请来众神，告诉屈原要努力地去寻求，又举出历史上明君良臣相遇的例子勉励屈原，要他趁着年纪还不大，赶快到远地去找寻机会。

何琼佩之偃蹇兮，（为何那琼佩缤纷，）

  琼佩：以琼玉为佩。

  偃蹇（yǎn jiǎn）：众多的样子。琼佩众多，比喻美德极盛。

众薆然而蔽之？（众人要把他遮蔽得不明。）

  薆（ài）然：隐蔽不明的样子。

  蔽：遮蔽。

惟此党人之不谅兮，（只因这些小人毫无诚信，）
  谅：诚信。

恐嫉妒而折之。（恐怕要心生嫉妒，将他摧折。）
  折：摧毁。
  之：指琼佩（比喻有美德之君子）。

时缤纷其变易兮，（这时代纷乱多变啊，）
  缤纷：这里有纷乱的意思。
  变易：指时代纷乱，事情变化极大。

又何可以淹留？（又怎么可以久留？）
  淹留：久留。

兰芷变而不芳兮，（兰、芷变得不芬芳，）

荃蕙化而为茅。（荃、蕙化成草茅。）
  茅：恶草。
  以上两句是说，兰、芷、荃、蕙等芳草，如今都变成恶草，已经不芬芳了。

何昔日之芳草兮，（为何昔日的芳草啊，）

今直为此萧艾也？（如今竟成一片萧、艾？）
  直：竟然。
  萧、艾：均为贱草。

岂其有他故兮？（难道有其他缘故吗？）

莫好修之害也。（都是不爱修饰的祸害。）

莫好修：不爱好修饰。

余以兰为可恃兮，（我本以为兰是可靠的，）

可恃：可靠。

羌无实而容长。（却原来无实质，只是徒具美好的外貌。）

羌：发语词。

无实：没有实质、没有内容的意思。

容长：容，容貌，外表。长，长大，引申为美好。容长，外表美好。

委厥美以从俗兮，（委弃他的美质来顺从流俗，）

委：弃。

厥：他的。

从俗：顺从流俗。

苟得列乎众芳。（只不过苟且地列于众芳之中。）

苟：苟且。

以上四句是说，兰只是外表好看，没有内容，不过一时苟且列在众芳之中，现在就露出真面目来了。

椒专佞以慢慆兮，（椒专横奸佞，又傲慢自大，）

专佞：专横奸佞。

慢慆（tāo）：傲慢自大。

樧又欲充夫佩帏。（樧竟想把自己填满香囊。）

樧（shā）：草名，似椒。

佩帏：帏，香囊，因其佩戴在身上，所以说佩帏。

既干进而务入兮,(既然钻营求进,一心往上爬,)

　　干进:干,求。干进,求进,即想往上爬的意思。

　　务入:极力想进身君侧,即钻营求进的意思。

又何芳之能祗?(又怎能发扬本有的芬芳?)

　　祗(zhī):振。

　　以上两句是说,兰、椒、樧都干进务入,又怎能自振(发扬)其芬芳?

固时俗之流从兮,(本来时俗就只会随波逐流,)

　　流从:随波逐流的意思。

又孰能无变化?(谁又能够没有变化?)

览椒兰其若兹兮,(看椒、兰都是这个样子,)

　　若兹:如此,像这个样子。

又况揭车与江离!(又何况揭车与江离!)

　　揭车、江离:都是香草。

惟兹佩之可贵兮,(只有这琼佩真是宝贵,)

　　兹佩:指前面所说的琼佩。

委厥美而历兹。(却遭人鄙弃而流浪到这里。)

　　委厥美:是说别人忽视了它的美质,委弃而不用。

　　历兹:到这里来。指自己被疏远,到处漂荡。

芳菲菲其难亏兮,(芳香郁郁啊毫不亏损,)

　　芳菲菲:芳香弥漫的样子。

· 171 ·

楚辞：泽畔的悲歌

亏：亏损、减少。

芬至今犹未沫。（芬芳到现在还未消失。）

未沫：沫，已，止。未沫，是说香气尚未消失。

和调度以自娱兮，（平静下来吧，要自我宽慰，）

和调度：把心情平静下来的意思。

自娱：自求欢娱，自我慰藉的意思。

聊浮游而求女。（四处漫游吧，去寻求美女。）

浮游：漫游。

及余饰之方壮兮，（趁着服饰正漂亮美好，）

及：趁着。

饰：服饰，比喻美德。

方壮：方，正。壮，盛。方壮，正盛。

周流观乎上下。（我要上天下地去周游、去寻求。）

周流：周游。

观乎上下：即到处观察、寻求的意思。

【解析】

以上是第三小节，在灵氛与巫咸劝说之后，屈原也开始考虑自己的处境。他发现，现在的楚国是个纷乱多变的时代，一切价值标准都掌握不住，连昔日的芳草（比喻君子），如兰、芷、荃、蕙、椒、榝等，如今也都变成恶草、贱草，只有琼佩（比喻他自

· 172 ·

己）还能坚持自己的原则。在这样的情况下，他还有什么好留恋的呢？所以他决定听从灵氛及巫咸的劝告，"及余饰之方壮兮，周流观乎上下"，他现在决定到远处去"求女"（寻找美女）了。也就是说，他要离开楚国，到远地去寻求能够重用他，与他志同道合的君主。

灵氛既告余以吉占兮，（灵氛既告诉我说吉利可行，）

   吉占：占卜时所问之事吉利可行，叫吉占。

历吉日乎吾将行。（选择了好日子，我就要离去。）

   历吉日：选择好日子。

折琼枝以为羞兮，（折下琼枝来作为菜肴，）

   琼枝：琼树之枝。

   羞：食物之美味者。

精琼爢以为粻。（又把琼玉碾成细屑当食物。）

   精：压碎、碾碎。

   琼爢（mí）：琼，玉之一种。爢，即糜，细屑。

   粻（zhāng）：粮食。

   整句是说，把琼玉碾成细屑来作粮食。

为余驾飞龙兮，（替我驾上飞龙啊，）

   驾飞龙：以飞龙来驾车。

杂瑶象以为车。（用美玉和象牙装饰着我的车。）

   瑶象：瑶，玉之一种。象，象牙。

何离心之可同兮？（道不同又怎能相处呢？）

离心：志不同、道不合的意思。

吾将远逝以自疏。（我要远远地离群而索居。）

> 远逝：远去。
>
> 自疏：自求疏远，即要离群索居的意思。

遭吾道夫昆仑兮，（向着昆仑前进吧，）

> 遭(zhān)：转，转向那个方向行进的意思。
>
> 昆仑：传说中的仙山。

路修远以周流。（路途遥远啊我要沿路漫游。）

> 修远：修，长。修远，长远，遥远。
>
> 周流：周游。

扬云霓之晻蔼兮，（云霓的旗子飘飘扬扬，）

> 云霓：以云霓为旗。
>
> 晻(yǎn)蔼：旌旗蔽日的样子。

鸣玉鸾之啾啾。（鸾铃叮叮当当地鸣响。）

> 玉鸾：鸾，鸾铃，系在马身上的铃。以玉装饰，所以叫玉鸾。
>
> 啾啾：形容铃声。

朝发轫于天津兮，（早上从天河出发，）

> 发轫：出发，动身。
>
> 天津：天河。

夕余至乎西极。（傍晚我到达西方的尽头。）

西极:西方最远的地方。

凤皇翼其承旗兮,(凤凰小心地扬举着旗子,)

  翼:敬,是说恭敬谨慎的样子。

  承旗:旗,上面画着龙形的旗子。承旗,举着旗子意思。

高翱翔之翼翼。(高高地飞翔啊两翼翩翩。)

  翼翼:鸟飞缓慢而有节奏的样子。

忽吾行此流沙兮,(忽然我到达了这流沙之地,)

  忽:忽然,突然。

  流沙:指沙漠之地。

遵赤水而容与。(顺着赤水我逍遥、徜徉。)

  遵:顺着。

  赤水:神话中的江水。

  容与:舒徐安详的样子,有逍遥、徜徉的意思。

麾蛟龙使梁津兮,(指挥着蛟龙搭成桥梁,)

  麾(huī):指挥。

  梁津:梁,桥梁。津,渡口。

诏西皇使涉予。(又命西皇把我渡过去。)

  诏:命令。

  西皇:古帝王少皞氏。

  涉:渡。

路修远以多艰兮。(路途又遥远又艰险,)

楚辞：泽畔的悲歌

　　　　修远：遥远。

腾众车使径待。（我命众车在两旁奔驰，以保护我。）
　　　　腾：奔驰。
　　　　径待：径侍，径相侍卫。

路不周以左转兮，（经过不周山再往左转，）
　　　　路不周：路，经过。不周，不周山，神话中的山名。

指西海以为期。（就把那西海当作目的地。）
　　　　期：目的地。

屯余车其千乘兮，（成千成百的车子啊，）
　　　　屯：聚集。
　　　　千乘：千辆马车，这里是形容马车之多，不是真有千乘。

齐玉轪而并驰。（车轴靠着车轴，并驾齐驱。）
　　　　玉轪（dài）：轪，车轴。以玉饰车轴，所以叫玉轪。
　　　　整句是说，所有的马车都并驾齐驱。

驾八龙之婉婉兮，（那驾车的八龙婉婉地飞动着，）
　　　　婉婉：龙飞动的样子。

载云旗之委蛇。（那车上的云旗长长地飘扬。）
　　　　载云旗：插着云旗。以云为旗，所以说云旗。
　　　　委蛇：形容旗子飘动那种长长的样子。

抑志而弭节兮，（控制住情绪，我让马车缓慢下来，）
　　　　抑志：压抑自己的心志，即控制自己的情绪的意思。

弭节：使马车慢下来，缓缓而行。

神高驰之邈邈。（心神却飞驰得渺渺茫茫。）

邈邈：辽远的样子。

以上两句是说，车子虽然缓慢下来，但心神却好像仍在飞驰。

奏《九歌》而舞《韶》兮，（奏着九歌，舞着韶乐。）

九歌、韶（sháo）：均为古代乐曲名。

聊假日以媮乐。（聊且度日，聊且娱乐。）

假（jiǎ）日：假，借。假日，即聊以度日的意思。

媮（yú）乐：媮，也是乐的意思。媮乐，即娱乐之意。

陟升皇之赫戏兮，（登上那高天啊一片的明亮，）

陟升皇：陟，登。皇，皇天，这里形容极高之地。陟升皇，登上极高之地的意思。

赫戏：光明的样子。

整句是说，登上高地，眼睛一亮的意思。

忽临睨夫旧乡。（忽然啊望见了那故乡。）

忽：突然。

临睨（nì）：临，居高而视下。睨，睨视。临睨，即望到、看到的意思。

旧乡：故乡。

仆夫悲余马怀兮，（车夫悲泣啊马也悲伤，）

仆夫：指车夫。

· 177

怀：悲伤的意思。此句读作：仆夫悲/余马怀兮。

蜷局顾而不行。（犹豫徘徊啊我频频回头远望。）

蜷（quán）局：诘屈不伸的样子，这里形容徘徊不进、退缩不前的样子。

顾：回头看。

【解析】

　　以上是第四小节，写屈原动身，开始往远处去寻求。长长的一整节，都是写沿途的行程。我们以为他真的要离楚国而去了，哪晓得到了最后，笔锋突然一转，忽然写自己登上高处望见了故乡，然后整节就突然停住。这最后四句真是满怀悲愁，让人回味无穷。要体会这四句的好处我们应该重新回想一下整个第三大节。在这一大节里，先是灵氛劝屈原远去他国，再是巫咸也劝屈原应该如此做，然后，他又努力说服自己，楚国确实无可再留恋了，应该赶快离去，然后，他才开始动身。我们可以看得出来，整个第三大节，完全是屈原考虑要不要离开楚国的犹疑不决的过程。最后，他终于下定决心，也驾车出发了，我们也以为这下他该决然远去了。但是，到了最后一刻，当他一望见故乡，所有的决心完全崩溃，所有内心的堤防完全守不住。然后，文章到此结束。虽然底下没有继续写下去，但我们已知道屈原的命运。他是太爱自己的祖国，太眷恋自己的君王了。他根本不可能离他们而去，他注定要为他们悲伤、为他们痛苦，最后，为他们而死。

下篇　泽畔的悲歌

乱曰：（尾声：）
　　乱：歌辞的尾声叫乱。

已矣哉！（算了吧！）
　　已：止。已矣哉，即算了吧的意思。

国无人莫我知兮，（国无人，大家都不了解我啊，）
　　莫我知：莫知我，不了解我。

又何怀乎故都！（又何必眷恋故乡！）
　　故都，即故国的意思。

既莫足与为美政兮，（既然不能够推行那美政啊，）

吾将从彭咸之所居。（我要奔向彭咸所居住的地方。）
　　彭咸：殷代贤臣，因殷王不听劝谏而投水自杀。
　　整句含有要跟彭咸一样地投水而死的意思。

【解析】

　　这是整篇《离骚》的尾声，非常短，却非常好。前面那么一大堆牢骚，一大堆痛苦，说也说不尽，诉也诉不完，同时也说得够多了，诉得够长了。千言万语，还有什么好说的呢？这短短的四句，就是那千言万语。不必再说了，就这么停止吧。这个尾声，就像第三大节的最后四句一样，确是余音袅袅，令人回味不已。

· 179

七、放逐者的悲歌——《九章》

屈原的作品,除了《离骚》,最重要的就是《九章》。《九章》共包含九个篇章,其篇名如下:

《惜诵》

《涉江》

《哀郢》

《抽思》

《怀沙》

《思美人》

《惜往日》

《橘颂》

《悲回风》

这九篇各自独立,彼此并无关系,是汉朝人把这些篇章搜集在一起,而取了"九章"这个总名称。

根据汉朝人的说法,这九篇都是屈原放逐到江南以后写的,但后来有人认为,其中少数篇章是他流放江南以前的作品。又有一些人,甚至怀疑某些篇可能不是屈原所作的。这些专门性的讨论我们可以不管,从纯粹欣赏的角度来看,《九章》并不一定篇篇精彩,有的我们可以不读。因为如此,再加上本书篇幅有限,所以我们只选录其中三篇来讲述。

我们所选的三篇是：《哀郢》《涉江》《怀沙》。选择这三篇的理由是这样的：首先，这三篇公认是屈原的作品，而且公认是屈原流放江南以后的作品；其次，这三篇也公认是《九章》里写得最好、最有名的。这里面所表现的感情，不是比《离骚》更哀伤，就是比《离骚》更激烈。我们可以感觉出来，这是屈原在放逐的末期所写的。从这里，我们可以体会出屈原当时的心境。同时，在其中两篇（《哀郢》《涉江》）里，屈原对他流放江南的路程也有详细的描写，要了解屈原的生平事迹，这也是一定要读的作品。

哀 郢

皇天之不纯命兮，（上天的心意真是不能猜测啊，）

  皇天：皇天虽指上天，其实也暗喻楚王。

  不纯命：纯，正。不纯命，不正命，即天命无常的意思。

何百姓之震愆？（为何让百姓生活在恐惧和罪过中？）

  何：为何。

  百姓：指屈原。

  震愆（qiān）：震，震惧。愆，罪过。

民离散而相失兮，（与亲朋故友离散相失，）

  民离散而相失：指屈原与家人分别，独自到放逐地去。

方仲春而东迁。（正是仲春二月，我流放到东方。）

  方：正当。

  仲春：春天第二个月，即二月。

  东迁：往东行，指屈原被流放，往东而行。

去故乡而就远兮，（离开故乡到远方去，）

  去：离开。

遵江夏以流亡。（我顺着长江、夏水而流亡。）

  遵：沿着，顺着。

  江夏：长江和夏水。

出国门而轸怀兮，（走出都门，心里一阵悲痛，）

  国门：国，都，指楚国京城郢都。国门，指郢都之门。

  轸（zhěn）怀：轸，痛。轸怀，心痛之意。

甲之鼂吾以行。（就在甲日的早晨我动身远行。）

  甲：甲日，古人以干支纪日，所以有甲日、乙日、丙日等称呼。

发郢都而去闾兮，（从郢都出发，离开了故里，）

  闾（lǘ）：里门，引申为乡里之意。

怊荒忽其焉极？（心中恍恍惚惚，不知要到哪里去？）

  荒忽：恍惚，是说心情恍惚不定。

  焉极：焉，何。极，至。焉极，到哪里去。

楫齐扬以容与兮，（船桨一起划动，船慢慢地往前走，）

楫：桨。

齐扬：并举。很多人划船，桨同时划动，这就是楫齐扬。

容与：徐行貌。

哀见君而不再得。（可哀啊，从此要见君王再也没有机会。）

见君而不再得：不再能见到君王了。

望长楸而太息兮，（望着故里高大的梓树长声地叹息，）

长楸（qiū）：楸，梓树。长楸，高大的梓树。这里是说，望见故里的树木。

涕淫淫其若霰。（眼泪滑滑地流下，像那绵绵不断的雪珠。）

淫淫：流泪的样子。

霰（xiàn）：雪珠。

过夏首而西浮兮，（经过了夏首，往西漂浮而去，）

夏首：夏水从长江流出来，夏首即是指分流之处。

西浮：船不划，自然地顺水而行叫浮。西浮，是说船往西而去。

顾龙门而不见。（回头望着龙门，却再也看不见。）

顾：回头看。

龙门：郢都东门。

心婵媛而伤怀兮，（心里眷恋不舍，只觉得难过，）

婵媛：眷恋不舍的样子。

眇不知其所跖！（渺渺茫茫，要走向何方？）

· 183

楚辞：泽畔的悲歌

　　　　眇：渺，渺茫。

　　　　跖（zhí）：踏，即往的意思。

顺风波以从流兮，（顺着风波，顺着水流，）

　　　　从流：顺流。

焉洋洋而为客。（从此漂漂泊泊的变成了异乡客。）

　　　　焉：乃，于是。

　　　　洋洋：漂泊无所归的样子。

凌阳侯之泛滥兮，（乘着那起伏不已的大波涛，）

　　　　凌：乘。

　　　　阳侯：水神，能兴波作浪，所以这里有波涛的意思。

　　　　泛滥：指大波涛之起伏。

忽翱翔之焉薄？（漂漂浮浮的要漂向何处？）

　　　　忽：迅速。

　　　　翱翔：形容在水中随浪漂浮的样子。

　　　　焉薄：到何处去。焉，何。薄，止。

心絓结而不解兮，（心里一片郁结，）

　　　　絓结：絓，同挂。是说心有所牵挂，有所郁结。

　　　　不解：无法解开。

思蹇产而不释。（那纠缠的思绪，更是不能化解。）

　　　　蹇（jiǎn）产：思绪纠结的样子。

　　　　不释：和不解同义。

将运舟而下浮兮，（驾着船往下漂流，）

运舟：驾舟。

上洞庭而下江。（先到洞庭湖去，再顺流下长江。）

去终古之所居兮，（离开那终古的故居，）

  终古之所居：指故乡郢都，因为祖先世世代代所居住，所以说"终古之所居"。

今逍遥而来东。（现在漂荡到了东方。）

  逍遥：这里有漂流的意思。

羌灵魂之欲归兮，（那灵魂想回去啊，）

  羌：发语词，无义。

何须臾而忘反。（何曾须臾而忘了故乡。）

  反：同返。

背夏浦而西思兮，（背着夏浦，怀念着那西方，）

  背夏浦：夏浦，汉水流入长江处，一般称为夏口。背夏浦，过了夏浦继续往东行，所以是背着夏浦而行。

  西思：屈原往东行，所以思念西边的郢都。

哀故乡之日远。（可哀啊，故乡一日日地遥远。）

登大坟以远望兮，（登上江边的高堤远望，）

  大坟：坟，堤。大坟，高堤。

聊以舒吾忧心。（聊且舒散心里的忧伤。）

  舒：纾解。

楚辞：泽畔的悲歌

哀州土之平乐兮，（那人家安乐的生活啊，令我心哀，）

  州土：指屈原所经之乡邑。

  平乐：安乐。

  此句是说，看到人家生活安乐，自己却孤身流放，所以可哀。

悲江介之遗风。（那江间异乡的风俗啊，令我心悲。）

  江介：江间。

  遗风：指江南一带远古遗留下来的风俗。

  此句是说，长江一带的风俗与郢都不同，举目有异乡之感，所以可悲。

当陵阳之焉至兮？（到了陵阳又要到哪里去？）

  当陵阳：当，对着。陵阳，地名。当陵阳，对着陵阳，即到了陵阳的意思。

  焉至：何至，到哪里去。

淼南渡之焉如？（渡过渺茫的江水，要到南方的何处去？）

  淼：渺茫无际。

  焉如：何往，到哪里去。

曾不知夏之为丘兮，（谁想得到高屋大厦竟变成一片废墟？）

  曾不知：曾，乃。曾不知，哪里会想到，简直想不到的意思。

  夏之为丘：夏，即厦，高大的房子。丘，丘墟，废墟。夏之为丘，是说，高大的房子竟变成废墟。

孰两东门之可芜？（谁又想得到郢都两东门会成为一片荒芜？）

下篇 泽畔的悲歌

孰：谁。

两东门：郢都有两个东门。

芜：荒芜。

以上两句是指楚顷襄王二十一年秦兵攻陷郢都之事。屈原在江南知道这个消息，所以这样说。

心不怡之长久兮，（心里是长久地闷闷不乐，）

不怡：不乐。

忧与愁其相接。（忧愁之后接着还是忧愁。）

整句是说，除了忧愁还是忧愁，形容心里只有忧愁。

惟郢路之辽远兮，（那郢路是如此的遥远啊，）

江与夏之不可涉。（长江、夏水又怎能渡过！）

涉：过。

以上两句是说路途遥远，无法回去。

忽若去不信兮，（时间迅速得不能令人相信，）

忽若去不信：忽，迅速。忽若去不信，是说，时间快得不能令人相信。

至今九年而不复。（到现在已经九年没有回去。）

九年：是说自己被放逐到江南已有九年。但九年并不一定实指九年，只是形容时间之长。

不复：没有回去。

惨郁郁而不通兮，（惨惨郁郁啊，情怀总是不开朗，）

· 187

不通：不解，不释之意。

蹇侘傺而含戚。（怅怅惘惘啊，心里蕴含了无限悲戚。）

  蹇：发语词，无义。

  侘傺（chà chì）：失意的样子。

  含戚：戚，同慼。含戚，含悲。

外承欢之汋约兮，（那小人以外表的柔媚讨君王欢心，）

  汋（zhuó）约：绰约，美好貌，这里形容小人以媚态讨楚王欢心。

谌荏弱而难持。（实在是软弱啊，君王竟无法把持。）

  谌：同诚，实在的意思。

  荏（rěn）弱：荏，也是弱的意思。荏弱，形容心志薄弱，不坚定。

  难持：难以把持。

  以上两句形容小人像女子似的以媚态讨楚王欢心，楚王意志不坚定，难以把持，竟相信他们。

忠湛湛而愿进兮，（厚重忠贞的人都愿意贡献心力，）

  湛湛（zhàn）：忠直厚重的样子。

妒被离而鄣之。（嫉妒的小人纷纷地加以蒙蔽。）

  妒被（bèi）离：被离，众多的样子。妒被离，是说小人纷纷地嫉妒忠直之士。

  鄣：同障，是说蔽障了君子愿进之路。

尧舜之抗行兮，（尧舜那样的德行，）

下篇　泽畔的悲歌

抗行：高行。

瞭杳杳而薄天。（高远明白得直达上天。）

瞭杳杳（yǎo yǎo）：瞭，明白。杳杳，远貌。瞭杳杳，是说高远明白的样子。

薄天：薄，迫。薄天，迫天，近天。

整句是说，尧舜之伟行高远明白得直达上天。

众谗人之嫉妒兮，（那些谗人嫉妒啊，）

被以不慈之伪名。（竟给加上"不慈"的罪名。）

被：有"加上"的意思。

憎愠惀之修美兮，（君王竟讨厌那实实在在的贤士，）

愠惀（yùn lǔn）：形容有善心不会表达的样子。

修：也是美的意思。

好夫人之慷慨。（却喜欢那些人虚假的激昂慷慨。）

夫人：夫，指示词，那。夫人，那些人，指小人。

慷慨：是说小人会说话，说得慷慨激昂。

以上两句是说，楚王只喜欢小人的巧言，讨厌君子的木讷。

众踥蹀而日进兮，（他们一天天地接近君王，）

众：指小人。

踥蹀（qiè dié）：行貌，指小人奔走日进。

美超远而逾迈。（而美好的君子却一天天地疏远。）

美：指君子。

超：也是远的意思。

逾迈：愈来愈远，指君子日渐疏远。

乱曰：（尾声：）

乱：歌辞的尾声。

曼余目以流观兮，（纵目四下眺望啊，）

曼余目：曼，长。曼余目，是说张开我的眼睛来四望。

流观：四下眺望的意思。

冀一反之何时？（希望能回去，但要等到何时？）

冀：希望。

整句是说，希望回去，但不知何时才能回去。

鸟飞反故乡兮，（飞鸟总是回到故乡啊，）

狐死必首丘。（狐狸死了也一定把头枕在山丘上。）

首丘：把头枕在山丘上。

信非吾罪而弃逐兮，（实在不是我的罪过却遭到放逐啊，）

信：实在。

弃逐：放逐。

何日夜而忘之？（何曾日夜忘了那故居？）

【解析】

　　楚顷襄王二十一年，秦兵攻陷楚国的郢都，又烧毁楚国先王的坟墓。屈原这时流放到江南已经好几年了，听到了郢都残破的消息以后，非常伤感，于是写下这篇《哀郢》。一方面哀悼郢都，一方面又回忆起自己被放逐，为自己无法再回故都而哀伤。这双重的悲哀，使《哀郢》特别弥漫了一股哀愁的气氛，全篇的声调显得非常忧伤而感人。我们看，全篇充满了这样的句子：

　　　　荒忽其焉极？
　　　　眇不知其所跖！
　　　　忽翱翔之焉薄？
　　　　淼南渡之焉如？

　　真有一种天地茫茫、此身无所归属的黯然神伤。
　　从结构上来说，本篇第一段回忆自己刚流放时初出国门的心情，第二段写自己到了江南地区，在长江沿岸漂泊的心境，第三段则因为听到郢都残破的消息，更加勾起自己思乡的情绪，第四段不觉又痛骂起奸邪的得势，尾声则又重复地诉说自己无法忘怀故都。从遣词造句上说，本篇名句络绎不绝，如：

　　　　羌灵魂之欲归兮，何须臾而忘反？
　　　　哀州土之平乐兮，悲江介之遗风。
　　　　心不怡之长久兮，忧与愁其相接。
　　　　信非吾罪而弃逐兮，何日夜而忘之？

这样的句子，千百年后读起来依旧非常感人，难怪本篇会成为《九章》中的名篇。

除了文学上的成就，本篇还有重要之处，那就是，在本篇里屈原对自己流放江南的路程有详细的记录。他出了郢都之后，顺着夏水而行。到了夏首（夏水从长江分流处），开始进入长江。然后，顺着长江东下，经过夏浦，上洞庭湖，再到陵阳（在安徽省）。《哀郢》可能就在陵阳写的。所以，从研究屈原生平的观点来说，《哀郢》也是非常重要的一篇。

涉 江

余幼好此奇服兮，（我自幼就喜爱这特异的服饰，）

奇服：与众不同的衣服，比喻自己的志节与他人特异。

年既老而不衰。（年纪老大了，心意却始终如一。）

不衰：不衰懈，始终如一。

带长铗之陆离兮，（带着长长的宝剑，）

长铗（jiá）：长剑。

陆离：长貌。

冠切云之崔嵬，（戴着高高的、顶天的帽子，）

切云：形容所戴之冠极高，高到可以切云。

崔嵬（cuī wéi）：高貌。

被明月兮珮宝璐。（挂着明月珠，佩着宝玉。）

　　被：披。

　　明月：明月珠。

　　珮宝璐（lù）：珮，同佩，佩带。璐，美玉。

世溷浊而莫余知兮，（人世间是如此的混浊，没有人了解我，）

　　溷浊：混浊。

　　莫余知：莫知余，不了解我。

吾方高驰而不顾。（我要飞翔到高天，一眼也不回顾。）

　　不顾：不回顾，不理会他们（指一般世人）。

驾青虬兮骖白螭，（驾着青虬和白螭，）

　　虬（qiú）：龙类。

　　骖（cān）白螭（chī）：骖，古时一车四马，旁边的两马叫骖。螭，也是龙类。骖白螭，以白螭为骖。

吾与重华游兮瑶之圃。（我要与重华遨游那瑶圃。）

　　重华：舜。

　　瑶圃：瑶，美玉。圃，花园。瑶圃，即美丽的花园，这里是指神仙所居之花园。

登昆仑兮食玉英，（登上昆仑山，吃下那玉英，）

　　昆仑：传说中的仙山。

　　玉英：英，花。花极美，所以叫玉英。玉英和前面的瑶圃都是指仙人的美物。

与天地兮同寿，（我要与天地一样万寿无疆，）

楚辞：泽畔的悲歌

与天地同寿：与天地一样长久。

与日月兮齐光。（与日月啊齐放光芒。）

哀南夷之莫吾知兮，（可哀啊，在这南夷没有人了解我，）

南夷：屈原所放逐的江南之地，文化比江北的楚人低，所以叫南夷。其实也暗喻楚国的小人如南夷一般，不了解他。

旦余济乎江湘。（清晨我要渡过江、湘。）

旦：清晨。

济：渡过。

江湘：长江和湘水。

乘鄂渚而反顾兮，（登上鄂渚回头望啊，）

乘：登。

鄂渚（è zhǔ）：地名，在湖北武昌。

反顾：回头望。

欸秋冬之绪风。（那秋冬的余风令人伤叹。）

欸：叹。

绪风：余风。秋冬已过，春天方到，风犹寒冷，所以说是秋冬的余风。

步余马兮山皋，（我的马行走在山泽边，）

山皋：皋，水边。山皋，即山泽之意。

邸余车兮方林。（我的车子到达了方林。）

邸（dǐ）：抵达。

方林:地名。

乘舲船余上沅兮,(乘着舲船,我逆着沅水往上走,)

  舲(líng)船:有窗的小船。

  上沅:上,逆水而行。沅,沅水。上沅,往沅水上游行去。

齐吴榜以击汰。(船夫一齐举桨,打着水波。)

  齐吴榜(bàng):榜,桨。吴国所造,所以说吴榜。齐吴榜:是说大家一齐举桨划水。

  汰(tài):水波。

船容与而不进兮,(船摇摇晃晃的,逗留不进,)

  容与:徐动貌。

淹回水而疑滞。(停在漩涡中,久久没有往前移动。)

  淹:久留。

  回水:漩涡。

  疑滞:凝滞,停滞不进。

朝发枉渚兮,(早上从枉渚出发,)

  枉渚:地名。

夕宿辰阳。(晚上住在辰阳。)

  辰阳:地名。

苟余心之端直兮,(如果我心是正直的啊,)

  苟:如果。

  端直:正直。

楚辞：泽畔的悲歌

虽僻远其何伤。（到这僻远的地方又有什么可以哀伤？）
　　　　僻远：指被流放到这偏僻遥远的地方。
　　　　何伤：有什么关系。

入溆浦余儃佪兮，（到了溆浦我徘徊迟疑，）
　　　　溆浦：溆水之滨。
　　　　儃佪（chán huái）：徘徊。

迷不知吾所如。（迷迷茫茫，不知道往哪边去。）
　　　　如：往。

深林杳以冥冥兮，（那茂密的树林幽幽暗暗啊，）
　　　　杳：幽暗。
　　　　冥冥：幽暗的样子。

乃猨狖之所居。（是猿猴的居处。）
　　　　猨狖（yòu）：猨，即猿。狖，古书上的一种猴。

山峻高以蔽日兮，（那高峻的山遮蔽了太阳啊，）

下幽晦以多雨。（山中又晦暗多雨。）
　　　　幽晦：幽暗。

霰雪纷其无垠兮，（那霰雪纷纷地下降，无边无际啊，）
　　　　霰（xiàn）：雪珠。
　　　　纷：指霰雪之多。
　　　　无垠：无尽，是说雪下得大，一望无际。

云霏霏而承宇。（绵绵的云弥漫了整个天空。）

霏霏：形容云之众多。

承宇：承，接，引申为弥漫。宇，天空。承宇，是说云弥漫了整个天空。

哀吾生之无乐兮，（可哀啊，我这一生没有什么欢乐，）

幽独处乎山中。（孤孤独独地处在这深山之中。）

幽独：孤独之意。

吾不能变心而从俗兮，（我不能改变心意随波逐流啊，）

固将愁苦而终穷。（本来就应该永远愁苦，永远困窘。）

终穷：永远穷困，永远不得志。

接舆髡首兮，（接舆髡首啊，）

接舆：楚国隐士。

髡（kūn）首：剃发，古代的一种刑法，相传接舆曾自己髡首。

桑扈赢行。（桑扈裸裎而走。）

桑扈：古代的隐士。

赢行：赢，同裸。赢行，裸体而行。

忠不必用兮。（忠臣不一定被用啊，）

贤不必以。（贤人不一定被看重。）

以：也是用的意思。

伍子逢殃兮，（伍子胥遭遇到灾殃，）

伍子：伍子胥，因忠谏而被吴王夫差赐剑自杀。

楚辞：泽畔的悲歌

逢殃：遭逢灾祸。

比干菹醢。（比干被剁成了肉酱。）

比干：纣王时的忠臣。

与前世而皆然兮，（现在和以前都是这个样子啊，）

与前世而皆然：皆然，都是如此。与前世而皆然，是说，现在和以前都是一样。

吾又何怨乎今之人。（我又何必怨恨现在这些人。）

余将董道而不豫兮，（我要正道而行毫不犹豫啊，）

董道：正道，是说要正道而行。

不豫：不犹豫。

固将重昏而终身。（我本来就该永远在不幸中度过这一生。）

重昏：重，重复。昏，昏暗。重昏，是说自己会永远处在不幸与困穷中。

乱曰：（尾声：）

乱：歌辞的尾声叫乱。

鸾鸟凤皇，日以远兮。（鸾鸟、凤皇，日渐远离。）

鸾鸟、凤皇：都是祥瑞之鸟，这里比喻贤士。

燕雀乌鹊，巢堂坛兮。（燕、雀、乌鹊，筑巢在厅堂。）

燕、雀、乌鹊：都是凡鸟，比喻小人。

巢堂坛：堂，厅堂。坛，中庭。燕、雀等在堂坛筑巢，比喻小人占满朝廷。

下篇 泽畔的悲歌

露申辛夷,死林薄兮。(露申、辛夷,死在丛林,)

　　露申、辛夷:都是香草,比喻贤士。

　　死林薄:林薄,即丛林。香草死在丛林中,比喻贤士不得志,被放逐在草野。

腥臊并御,(腥臊臭味一起进用,)

　　腥臊:恶臭之物,比喻小人。

　　并御:御,进。并御,并进,指小人得志。

芳不得薄兮。(芳香啊,却不能接近君王。)

　　芳:指露申、辛夷等香草,即贤士们。

　　薄:迫,近。

阴阳失位,时不当兮。

　　阴阳失位:昼夜颠倒的意思,比喻小人在朝廷,君子在乡野。

　　时不当:是说昼夜反常,天时不当。比喻生不逢时。

怀信侘傺,(怀抱忠信,坎坷失意,)

　　怀信:怀抱忠信。

　　侘傺:失意的样子。

忽乎吾将行兮。(我要迅速地到那远方去了啊。)

　　忽:迅速。

　　将行:要到远方去。

【解析】

《涉江》是《哀郢》的姊妹篇。在《哀郢》里，屈原叙述自己从郢都出发以后，顺夏水南下，再顺长江东行到陵阳的经过。《涉江》则接着《哀郢》而写，描述了屈原渡过长江以后的情形。大概屈原从陵阳顺着长江回头往西走到鄂渚（在湖北武昌附近），再从鄂渚渡过长江与洞庭湖，然后逆水而到辰阳与溆浦。可以说，《涉江》所写的，是屈原渡过长江到湖南境内的经过。

从文学的角度来看，《涉江》写得甚至比《哀郢》还要好。在《涉江》第一段，屈原描述自己孤傲的性格，"带长铗之陆离兮，冠切云之崔嵬"，绝不肯跟世俗妥协，充满了遗世而独立的精神。这一段句子长短不齐，极有变化，显得非常有力，充分表现了屈原的自信。但到了第二、三段，当写到自己的渡江南下时，语气开始转成哀伤，尤其到了第三段的后半，完全是一片感伤之情：

> 山峻高以蔽日兮，下幽晦以多雨。
> 霰雪纷其无垠兮，云霏霏而承宇。
> 哀吾生之无乐兮，幽独处乎山中。
> 吾不能变心而从俗兮，固将愁苦而终穷。

以幽暗的天气来衬托自己的心境，然后再直接地诉说自己的坎坷，实在是无比动人。接下去第四段，诗人虽然以贤人自古不遇来自我安慰，然而，到了尾声，文句转成四字一句的短句，音节变得非常急促，仍然可以体会出屈原心中的那一股不平之气。

可以看出，本篇的声调极富变化。先是第一段以长短不齐的文句来表达孤高兀傲之气,然后转成二、三两段的忧伤。第四段渐趋平稳,但忽然又转变为尾声的急迫与不平。本篇篇幅在《九章》里算是较短的,但文气如此富于变化,无怪要成为《九章》中的名篇。

怀 沙

滔滔孟夏兮,(四月炎炎的夏日,)

  滔滔:夏天阳光极盛的样子。

  孟夏:夏天第一个月,即四月。

草木莽莽。(草木茂茂密密。)

  莽莽:草木茂密的样子。

伤怀永哀兮,(心怀忧伤哀痛,)

  伤怀:伤心的意思。

  永哀:永,长。永哀,长哀,心常哀伤之意。

汨徂南土。(我走向南方的国度。)

  汨:行貌。

  徂(cú):往。

  南土:指江南之地。

眴兮杳杳,(眩人的阳光满天地,)

  眴(xuàn):眩。

杳杳：高远貌。

整句是说，阳光极大，只觉天远而目眩。

孔静幽默。（是这么幽悄静寂。）

孔：甚，非常。

幽默：默，静默。幽默，即幽静之意。

郁结纡轸兮，（郁郁愁苦惨痛啊，）

纡（yū）轸（zhěn）：纡，心纡曲不快。轸，痛。纡轸，心郁郁而痛苦。

离愍而长鞠。（竟遭遇到长期的困窘。）

离愍（mǐn）：离，同罹，遭遇。愍，痛。离愍，遭遇痛苦之事。

长鞠（jū）：鞠，穷。长鞠，长期困穷而不得志。

抚情效志兮，（反省自己的真情与心志，）

抚情效志：抚，抚按，引申有抚察的意思。效：校，察验。抚情效志，是说，反省一下自己的情志。

冤屈而自抑。（实在是遭受了冤屈，压抑了痛苦。）

整句是说：反省的结果，自己确实受了冤屈，内心压抑了很多痛苦。

刓方以为圜兮，（如若要把方的削成圆的，）

刓（wán）方为圜：刓，削。圜，即圆。

整句是说，把方的削成圆的。

常度未替。（那法度还在，又怎么可以！）

下篇　泽畔的悲歌

　　　　常度：度，法。常度，常法，亦即法度之意。
　　　　替：废。

易初本迪兮，（改变原有的根本大道，）
　　　　易初本迪：易，变。初，原来。迪，道。
　　　　整句是说，改变原有的根本之大道。

君子所鄙。（是君子所要鄙弃的。）
　　　　鄙：鄙视。

章画志墨兮，（像那鲜明的图样和绳墨，）
　　　　章画：章，明。画，图画、图案。章画，是说，像木匠画得清清楚楚的图案。
　　　　志墨：志，记。墨，绳墨。志墨，是说，像木匠画下来的绳墨。

前图未改。（以前的抱负不可更改。）
　　　　前图：以前的谋划，以前的主张和抱负。

内厚质正兮，（内心厚重，本质端正，）
　　　　内厚：内心厚重，本性厚重。
　　　　质正：本质端正，本性端正。

大人所盛。（是君子所要称赞的。）
　　　　大人：君子。
　　　　盛：赞美。

巧倕不斫兮，（巧倕不动手，）

楚辞：泽畔的悲歌

　　　　倕（chuí）：古代的巧匠。

　　　　斫（zhuó）：砍。

孰察其拨正？（谁知道他砍得正不正？）

　　　　孰：谁。

　　　　拨：曲，不正。

　　　　以上两句是说，倕如果不动手的话，谁知道他砍得正还是不正？

玄文处幽兮，（黑色纹彩放在幽暗中，）

　　　　玄文：黑色的花纹。

　　　　处幽：放在幽暗之中。

矇瞍谓之不章。（瞎子就说它不明亮。）

　　　　矇瞍（méng sǒu）：瞎子。

　　　　不章：不明。

离娄微睇兮，（离娄细眯着眼睛，）

　　　　离娄：古时之人，据说眼睛极好，百步以外能明察秋毫。

　　　　微睇：眯着眼睛看东西。

瞽以为无明。（瞎子又要说他两眼不明。）

　　　　瞽（gǔ）：也是瞎子。瞽是眼皮下垂的瞎子，蒙瞍则是眼皮张开，有眼珠却看不见的瞎子。

变白以为黑兮，（颠倒黑白啊，）

倒上以为下。（上下又不分。）

凤皇在笯兮，（凤皇关在笼子里，）
　　笯（nú）：笼子。

鸡鹜翔舞。（鸡鸭却乱跳乱舞。）
　　鹜（wù）：野鸭。

同糅玉石兮，（玉石混杂在一起，）
　　糅（róu）：杂。

一槩而相量。（用同样标准来衡量。）
　　槩：用斗装东西，用一根木杆在斗上一磨，把多余的磨掉，刚好平平的一斗。那木杆叫槩。
　　以上两句是说，玉石混杂在一起用斗来量，不加分辨。

夫惟党人鄙固兮，（那些党人又鄙陋又顽固啊，）
　　党人：指小人结党成群。
　　鄙固：鄙陋顽固。

羌不知余之所臧。（根本不知道我内心的蕴藏。）
　　羌：发语词。
　　臧：同藏，指内心之所有。

任重载盛兮，（背得重，载得多，）
　　盛：多。

陷滞而不济。（我陷滞在途中。）
　　不济：济，渡。不济，事不成的意思。
　　以上两句是说，自己要行大道，办大事，却为小人所阻，无法办成。

怀瑾握瑜兮，（怀藏着美玉，）

> 瑾、瑜：都是美玉。
>
> 整句是说，自己藏着美玉。

穷不知所示。（却无法让人看得到。）

> 整句是说，陷入困境，有美玉也不知给谁看。

邑犬之群吠兮，（村里的狗成群狂吠，）

> 邑犬：邑，乡邑，乡里。邑犬，乡里的狗。

吠所怪也。（吠着那不常见的东西。）

> 以上两句是说，乡里的狗没见识，看见他们不知道的东西、不认识的人就乱叫一通。

非俊疑杰兮，（无才的人怀疑豪杰，）

> 非俊：没有俊才的人。
>
> 疑杰：怀疑杰出之士。

固庸态也。（本来就是庸人的丑态。）

> 固：本来。
>
> 庸态：庸人之态。

文质疏内兮，（外表疏阔，美质内藏，）

> 文质疏内：文疏质内。文，文彩，指外表，文疏，是说外表疏阔，即不注意外表。质，本质。内（nà），同纳，内藏。质内，是说美好的本质藏在里面。

众不知余之异采。（没有人知道我特异的光彩。）

> 异采：采，同彩。异采，特殊的光彩，比喻出众的才能。

材朴委积兮,(像那没有用过的木材堆积着,)

  材朴:朴,同朴。材朴,刚砍下来,还没使用过的木材,比喻尚未发挥的才干。

  委积:堆积。

莫知余之所有。(没有人知道我所具有的内涵。)

重仁袭义兮,(我积仁德,行仁义,)

  重(zhòng):累积。

  袭义:袭,服。袭义,即身服义理,按义理而行之意。

谨厚以为丰。(把谨慎厚重当作富足。)

  谨厚:谨慎厚重。

  丰:富足。

重华不可遌兮,(那重华再也见不到了,)

  重华:舜。

  遌(è):遇。

孰知余之从容。(谁知道我的志节。)

  从容:举动,行为,指其志节。

古固有不并兮,(古来圣君、贤相就不并时而生,)

  不并:指圣王和贤臣不同时而生,像屈原没碰上舜的时代一样。

岂知其何故也?(谁知道是何缘故?)

汤禹久远兮,(汤、禹都已久远了,)

楚辞：泽畔的悲歌

邈而不可慕也。（遥远得无法追慕。）
  邈：远。
  不可慕：慕，思慕。不可慕，即追攀不及。

惩违改忿兮，（压抑心中的愤恨，）
  惩违：惩，止。违，同怫，恨。惩违，压住心头的恨。
  改忿：把忿恨之情改过来。

抑心而自强。（要自制，要自强。）
  抑心：压抑自己的不平之心，即惩违改忿。
  自强：自我振作。

离慜而不迁兮，（遭遇痛苦而不改变，）
  不迁：不变。

愿志之有像。（要效法那些古代的模范。）
  志：心志。像：模范。
  整句是说，希望自己的心志能有一个模范可以效法，让自己能够"抑心而自强""离慜而不迁"。以前的人解释为希望自己的心志成为后世的模范，似乎不太好。

进路北次兮，（赶路到北面去休息吧，）
  次：舍，休息。

日昧昧其将暮。（夕阳昏暗，已是黄昏。）
  昧昧（mèi）：昏暗的样子。

舒忧娱哀兮，（不要忧愁，不要哀伤，）

下篇　泽畔的悲歌

　　舒：纾解。

　　娱哀：娱，乐。娱哀，是说从悲哀中解脱出来，使自己快乐起来。

限之以大故。（要想着：人生总要死亡。）

　　大故：指死亡。

　　整句是说，以死亡来限制自己，即以死亡来告诉自己说，人终归要死，凡事不必看得太严重。以此来说服自己，使自己能"舒忧娱哀"。

乱曰：（尾声：）

　　乱：歌辞的尾声。

浩浩沅湘，（滔滔的沅水、湘水，）

　　浩浩：水势大的样子。

　　沅湘：沅水和湘水。

分流汩兮。（滚滚的各自流着。）

　　汩：水疾流的样子。

修路幽蔽，（漫漫的路幽幽暗暗，）

　　修路：漫长的路。

　　幽蔽：幽暗。

道远忽兮。（迷迷蒙蒙的通向何方！）

　　忽：不分明的样子。

　　以上两句是指日暮，所以道路幽暗不明。

怀质抱情，（满怀的美质与真情，）

· 209 ·

质：美质。

情：真情，指忠直之情。

独无正兮。（却没有了解的人。）

无正：正，平正，辨别。无正，没有辨识我的美质与忠信的人。

伯乐既没，（伯乐既已去世，）

伯乐：古代最善于辨识良马的人。

没：死。

骥焉程兮？（骐骥又怎么有机会跟人较量？）

焉程：焉，何。程，较量。焉程，是说，哪里有机会跟人较量，根本人家就认不出他是良马。

万民禀命，（世上千千万万的人，）

各有所错兮。（各人有各人的命。）

错：置。

整句即人各有命的意思。

定心广志，（定下心，放宽胸怀，）

广志：把心放宽之意。

余何畏惧兮。（我又何必畏惧。）

曾伤爰哀，（重重的忧伤，重重的悲哀，）

曾伤：曾，同增。增伤，即重重哀伤之意。

爰哀：哀而不止。

永叹喟兮。（频频的长叹再长叹。）

　　永：长。

　　喟（kui）：也是叹的意思。

世溷浊莫吾知，（人世间混混浊浊都不了解我，）

　　溷浊：同混浊。

人心不可谓兮。（对那人心又能奈何。）

　　谓：说，劝说，说服。

　　整句是说，对于世上的小人，我们是没有办法的。

知死不可让，（死亡既是无法逃避，）

　　让：辞，逃避。

愿勿爱兮。（又何必吝惜身躯。）

　　爱：惜，吝惜，怕死。

明告君子，（我要告诉君子们，）

吾将以为类兮。（我要给世人留下不朽的模范。）

　　类：模范。

【解析】

　　《怀沙》可能是《九章》中最著名的一篇，因为司马迁在《史记·屈原列传》里说，屈原在写了本篇之后，就"怀石""自投汨罗以死"。很多人因此认为《怀沙》是屈原的绝笔，而"怀沙"这个篇名，也就被解释作"怀抱沙石，投江自

楚辞：泽畔的悲歌

杀"的意思。

不管这个看法对不对，从本文可以看得出来，屈原在本篇所表达的感情的确是要比其他地方激烈得多，譬如：

> 变白以为黑兮，
> 倒上以为下。
> 凤皇在笯兮，
> 鸡鹜翔舞。

真是骂得痛快淋漓，一点也不保留。从文句上来说，本篇的句子也要比其他篇章来得短。那种短促峻急的语气，很能够配合文中所要表现的激烈的感情。从遣词造句上来说，初读之下，也许你会觉得这篇写得太不含蓄、太直截了当了。然而，细读之后，你就能体会一个人在绝望之余，那种骂人不留余地的痛苦的心情。譬如说，当你对这世界真是失望到极点，痛恨到极点，当你对人世的颠倒黑白、是非不分无法可想时，还有什么比"变白以为黑"以下四句更能表达你的心情呢？

从气氛上来说，本篇开始以盛夏的阳光与草木来衬托诗人心情的沉重与哀伤。然后渐渐地激动起来，终于破口一路骂下来。骂够了，又慢慢平稳下来。最后，他的心境完全稳定了，当他说：

> 知死不可让，
> 愿勿爱兮。
> 明告君子，
> 吾将以为类兮。

· 212 ·

我们已经可以体会到他那种以死殉道的坚定精神。说这一篇是的绝命辞，是有相当道理的。

八、不朽的形象——《卜居》《渔父》

不知是哪年哪月的哪一天，屈原跳下汨罗江，结束了坎坷的一生。屈原跳江自尽以后，根据传说，尸体也没有找到，不知漂流到何方，被哪条鱼吃了。屈原这个人，在这世界上完完全全地消失了。然而，历史的矛盾是当一个人永远在世界上消失时，他却慢慢地在人们心中生长起来。历史的车轮不断地往前滚动，楚国，那屈原所热爱的国家，不惜为之牺牲性命的国家，果然因为君主的昏庸，在屈原死后不久，就被秦国灭亡了。而那秦国，屈原所痛恨的秦国，在统一天下十五年之后，竟也跟着灭亡了。然后，就是一个完全不同的朝代——汉朝。当汉朝出现在历史舞台上时，中国已经历过几百年的战乱。现在，人民是极端厌倦了战争，而中国也就在这气氛下，逐渐稳定下来，逐渐太平起来。这时，一切都平静下来了，历史以迥然不同于战国风云的面目出现在人们面前。这时，人们突然发现，竟然有屈原这个人活在无数人的心中。战争毁灭了多少生命与财产，而屈原这个人竟然在这历史上最纷乱的时代里"活"了下来。

那时（西汉初期），流传着许多屈原的作品，有真的，也有假的；那时，流传着许多屈原的故事，有的真有其事，也有的以讹传讹；那时，也有许多文人写文章为屈原抱屈，为他抱不平，还有更多的人因自己的遭遇与屈原相似，而模仿屈原的文章为自己叫屈，为自己不平。屈原的形象建立起来了，屈原已成为不朽的历史人物，已成为人类崇高精神的代表了。

屈原不朽的形象，屈原在当时人们心目中的样子，我们可以从下面两篇文章（《卜居》《渔父》）里充分的体会出来。这两篇文章，不知道是谁写的，也不知道是什么时候写的。但可以想象得到，必定是在屈原的名声已流传开来，屈原已奠定他的历史地位以后写的。这是想象的作品，作者想象屈原被放逐以后、自沉以前的心境而写的。虽然是想象的作品，却能够把屈原崇高的人品，内心的挣扎与不平，遭受挫折后的哀伤，以及虽然遭受挫折，但努力维持自我人格完整的心意，都十分生动地表现出来。假如说，我们读屈原自己的作品，是看他独自一人在那边喃喃自语，而那喃喃自语表现他的愤慨与哀伤，表现他内心的凌乱与困扰，我们也跟着他茫然，跟着他无所适从。那么，我们读下面的《卜居》与《渔父》，则正如看一个技巧高超的画家，根据屈原自己的喃喃自语，替他画了两幅生动而简洁的画像。这两篇文章可以说是对屈原人格的"结论"，可以当作我们读过屈原的作品之后一个总结式的"论断"来读。

这两篇文章，以前的人认为是屈原写的，但现在的人大概都不相信这个说法了。然而，根据前面所说的，这两篇文章必须和屈原的作品配合起来读。虽然不是屈原自己的作品，却还是屈原忠实的画像。如前面所说的，这是"结论"式的画像，所以我们放在屈原作品之后，让大家可以对屈原的人格做最后的鸟瞰。

这两篇文章，文字并不难懂，篇幅也不长，所以先采取文言、白话对照的方式，批注则附在最后面，这样读起来比较有整体感。

卜 居

屈原既放，（屈原放逐以后，）

三年不得复见。（三年了，没能够再见君王。）

竭知尽忠，而蔽鄣于谗。（竭尽心智，尽忠为国，却被谗人阻拦。）

  蔽鄣于谗：鄣，同障。

  整句是说，为谗人所蒙蔽、所阻拦。

心烦虑乱，不知所从。（心烦意乱，不知何所适从。）

往见太卜郑詹尹，曰：（去见太卜郑詹尹说：）

  太卜：占卜之官，负责占卜以决定事情之吉凶。

"余有所疑，（"我有疑问，）

愿因先生决之。"（想请先生做个决定。"）

詹尹乃端策拂龟，曰：（詹尹便把蓍草摆好、龟甲擦干净，说：）

  端策：端，正。策，蓍（shī）草，占卜时所用之物。端策，把蓍草摆正。

  龟：龟甲，占卜时所用之物。

"君将何以教之？"（"您有何指教？"）

屈原曰：（屈原说：）

楚辞：泽畔的悲歌

"吾宁悃悃款款，（"我宁可诚诚恳恳，）
   宁……将：宁可……还是……呢？
   悃（kǔn）悃款款：诚恳的样子。

朴以忠乎？（朴实忠直呢？）
   朴：同朴，朴实。

将送往劳来，（还是送往迎来，）
   送往劳来：送往迎来，是说与他人交往只是装着笑脸，虚伪敷衍，并无真心。

斯无穷乎？（永远保持禄位呢？）
   整句是说，因送往迎来，而能保全富贵至于无穷无尽，永远不会被免官或处罚。

宁诛锄草茅，（宁可铲锄草茅，）
   诛锄草茅：有比喻除去小人之意。

以力耕乎？（努力耕作呢？）

将游大人，（还是攀结权贵，）
   游大人：大人，指权贵。游大人，来往于权贵之门。

以成名乎？（以求功成名就呢？）

宁正言不讳，（宁可正言直谏、毫不避讳，）

以危身乎？（惹来危险呢？）

将从俗富贵，（还是顺从流俗，求取富贵，）

下篇 泽畔的悲歌

以偷生乎?（苟且偷生呢？）

宁超然远举，（宁可超然远举，）
> 超然远举：远离世俗之意。

以保真乎?（保存本真呢？）
> 保真：保存本真，保存真性情，不受世俗之虚伪所影响。

将哫訾栗斯、喔咿儒儿，（还是巧言令色，谄媚承欢，）
> 哫訾栗斯（zú zǐ lì sī）：讲好听的话来谄媚别人。
>
> 喔咿儒儿（ō yī rú ér）：强颜欢笑来讨好于人。

以事妇人乎?（来侍奉妇人呢？）

宁廉洁正直，（宁可廉洁正直，）

以自清乎?（自求清白呢？）

将突梯滑稽、如脂如韦，（还是玲珑圆滑，像油脂柔皮，）
> 突梯滑稽：玲珑圆滑，巧于媚世之意。
>
> 如脂如韦：脂，油脂。韦，柔皮。如脂如韦，是说，如油脂、柔皮那样软，毫无硬骨头。

以絜楹乎?（俯顺人意呢？）
> 絜(jié)楹：顺着圆滑润泽的东西，引申为俯顺人意以谄媚于人的意思。

宁昂昂若千里之驹乎?（宁可昂昂然像千里驹呢？）

将泛泛若水中之凫乎?（还是浮浮游游像水中鸭？）

· 217

> 泛泛：形容在水中浮游的样子。
>
> 凫（fú）：野鸭。

与波上下，（随波上下，）

偷与全吾躯乎？（苟且保全性命呢？）

> 偷：苟且。

宁与骐骥亢轭乎？（宁可与骐骥并驾齐驱呢？）

> 亢轭：亢，举。轭：驾牛、马之木。亢轭，即并驾齐驱之意。

将随驽马之迹乎？（还是跟随在驽马的后头？）

> 驽马：劣马。

宁与黄鹄比翼乎？（宁可与黄鹄比翼高飞呢？）

将与鸡鹜争食乎？（还是和鸡、鸭一起争东西吃？）

> 鹜（wù）：鸭。

此孰吉孰凶？何去何从？（究竟谁吉谁凶？何去何从？）

世溷浊而不清：（世间如此的混浊不清：）

蝉翼为重，千钧为轻；（蝉翼说成重的，千钧反倒变轻；）

黄钟毁弃，瓦釜雷鸣；（黄钟毁弃不用，瓦釜却大响大鸣；）

> 黄钟：古代乐器之最佳者。
>
> 瓦釜：指乐器之最劣者。

下篇　泽畔的悲歌

谗人高张，贤士无名。（谗人声势高涨，贤士寂寂无名。）

吁嗟默默兮，（唉，何必再说呢，）

　　　　吁嗟：叹息声。

　　　　默默：形容不说话的样子。

谁知吾之廉贞？"（有谁知道我的廉洁忠贞？"）

詹尹乃释策而谢曰：（詹尹放下蓍草谦辞说：）

　　　　释：放下。

　　　　谢：有推辞、抱歉的意思。

"夫尺有所短，（"要知道尺有时嫌短，）

寸有所长；（寸有时嫌长；）

物有所不足，（事物都有各自的不足之处，）

智有所不明；（才智也有不能明白的地方；）

数有所不逮，（卜筮有时也推测不到，）

　　　　数：指占卜之术的推算。

　　　　不逮：不及，指卜占推算不到。

神有所不通。（神明有时也不能解决问题。）

　　　　不通：也是不明、不逮的意思。

用君之心，（凭着自己的良心，）

行君之意；（照着自己的意思去做吧；）

· 219 ·

龟策诚不能知此事。"（龟策实在不能决定这些事情。"）

诚：实在。

【解析】

　　从这篇文章里，从屈原一连串的问题里，我们可以体会出屈原的困惑：为何忠直的人都要遭殃？为何奸邪之人，还有那些随波浮沉的软骨头都会得意？这是怎样的一个世界呢？竟然"蝉翼为重，千钧为轻"，竟然"逸人高张，贤士无名"？连神明也无法解答这样的问题，所以太卜郑詹尹只好说："用君之心，行君之意"，再也没有其他办法了。

　　屈原的困惑也是我们的困惑，屈原的哀伤也是我们的哀伤。然而，屈原跟我们不同的是，我们会妥协，我们不愿跟这样的污浊世界决裂，我们多少有点忍气吞声，也多少有点软骨头。然而，屈原不这个样子，他要忠直到底，他要强硬到底，他要抗争到底，所以他只好自尽。我们虽然不甘，但也只好"偷以全吾生"，屈原不肯，宁可死了也不肯。我们做不到，屈原做得到，所以屈原伟大，所以我们佩服屈原。自古以来的人都如我们一般，只是凡人，不能如屈原一般的硬到底，所以自古以来的人也都如我们一般的佩服屈原了。

渔　父

屈原既放，（屈原放逐以后，）

下篇 泽畔的悲歌

游于江潭,行吟泽畔;(漫游于江边,行吟于泽畔;)

  江潭:江岸。

颜色憔悴,形容枯槁。(脸色憔悴,身形枯瘦。)

  颜色:脸色。

  形容枯槁:形容,样子、模样。枯槁,枯瘦、瘦瘠。

渔父见而问之,曰:(渔父看见了,问他说:)

"子非三闾大夫与,("你不是三闾大夫吗,)

  三闾大夫:楚国官名,掌管楚国王族屈、景、昭三姓,屈原曾居此官。

  与:同欤,疑问词。

何故至于斯?"(怎么会到这里来?")

  何故至于斯:本句也可讲成"为什么会变成这个样子?"

屈原曰:(屈原说:)

"举世皆浊我独清,("整个世界都污浊,只有我清白;)

众人皆醉我独醒,(所有的人都昏醉,只有我清醒;)

是以见放。"(所以被放逐。")

  见放:被放。

渔父曰:(渔父说:)

"圣人不凝滞于物,("圣人不被外物所拘束,)

  不凝滞于物:是说心灵自由,不被外界事物所拘绊、所限制。

而能与世推移。（能够随着世俗而改变。）

  与世推移：随世俗而改变之意。

世人皆浊，（整个世界都污浊，）

何不淈其泥而扬其波？（何不搅动水波，把水弄得更浊？）

  淈（gǔ）其泥：搅动水中之泥，使水更浊。

  扬其波：搅动水波。

众人皆醉，（所有的人都昏醉，）

何不铺其糟而歠其醨？（何不举杯而饮，也把自己喝醉？）

  铺（bū）其糟：铺，吃。糟，酒糟、酒滓。

  歠（chuò）其醨（shī）：歠，饮。醨，薄酒。

何故深思高举，（为何想得多、行得正，）

  深思高举：深思，指思想与世不同。高举，指行为与世不同。

自令放为？"（而让自己被人放逐？"）

  自令放为：为，语助词。自令放为，即自令放，让自己被人放逐的意思。

屈原曰：（屈原说：）

"吾闻之，（"我听说，）

新沐者必弹冠，（刚洗过头的人一定要弹一弹帽子，）

沐：洗头。

弹冠：弹一弹帽子，把尘埃弹掉。

新浴者必振衣。（刚洗过澡的人一定要抖一抖衣服。）

振衣：抖一抖衣服，把尘埃抖掉。

安能以身之察察，（怎能让这洁白的身子，）

察察：洁白的样子。

受物之汶汶者乎？（蒙受外物的玷辱呢？）

汶汶（mén）：形容被尘垢所沾染。

宁赴湘流，（宁可投入湘水，）

湘流：指湘水。

葬于江鱼之腹中。（葬在江鱼的腹中。）

安能以皓皓之白，（怎能让这皓皓的清白，）

皓皓：皎皎，洁白的样子。

而蒙世俗之尘埃乎？"（蒙上世俗的尘埃呢？"）

渔父莞尔而笑，（渔父微微而笑，）

莞（wǎn）尔：微笑的样子。

鼓枻而去，（敲着船舷离去，）

鼓枻（yì）：鼓，叩、击。枻，船舷（即船两边之板）。

歌曰：（唱着歌道：）

"沧浪之水清兮，（"沧浪之水清澄啊，）

沧浪：水名。

可以濯吾缨；（就拿来洗濯我的冠缨；）

缨：冠缨，帽子上的丝带。

沧浪之水浊兮，（沧浪之水污浊啊，）

可以濯吾足。"（就拿来洗濯我的双脚。"）

遂去不复与言。（于是就走了，不再跟屈原说话。）

【解析】

屈原不肯妥协的精神在这篇里表现得更明显。渔父也不是平常人，他劝屈原，举世混浊，何不把它弄得更浊？众人皆醉，何不也跟着喝醉？可以看出渔父也是个愤世嫉俗的人，他也不满现实，然而他采取消极反抗的态度，他干脆看开，一切不管。既然这世界是如此，你又何必多花心思呢，何不也跟着如此如此。这是渔父。

然而，屈原不肯，连消极的反抗都不肯。举世混浊，他非清白不可，众人皆醉，他非清醒不可。他要正面抵抗，他不肯随波逐流，甚至连渔父式的愤世都不肯，他要坚决地抵抗下去。如果他失败了，他要自尽，宁可葬身鱼腹，也不肯苟活。

屈原是个理想的崇高的无可企及的人物，这是屈原在我们心中的形象，也是自古以来千千万万人心中的形象。这个理想的形象，我们虽然达不到，但"心向往之"，所以屈原的精神成为我们心目中伟大的"理想人格"之一，屈原也成了中国历史上的伟人之一。

九、宋玉悲秋——《九辩》

我们差不多把《楚辞》里重要的篇章都讲过了,唯一剩下来的就是《九辩》。《九辩》是《楚辞》里极有名的一篇,在文学史上的声名恐怕仅次于《离骚》和《九歌》。因此,虽然这篇不是屈原的作品,也不能从中认识到楚国特殊的民俗和宗群,但还是不可忽视,所以我们附在本书的最后面。

也有人说《九辩》是屈原所作,这个看法大概是站不住脚的。很明显的,《九辩》有许多文句原本取自《离骚》和《九章》,应该是屈原以后的人所作。一般认为,《九辩》的作者是宋玉。宋玉是屈原的后辈,时代比屈原稍晚。有人认为,他写《九辩》是为屈原表达心志,但恐怕他是在为自己发牢骚。宋玉是个很有才气的文士,但在仕途上很不得意,因此写这篇《九辩》为自己"表达心志"。

宋玉后来成为很有名的人,除了这篇《九辩》,还有许多赋据说也是他写的,譬如有名的《高唐赋》《神女赋》《登徒子好色赋》。这些显然都是后人伪造的,不可靠。还有,《楚辞》里的《招魂》也有人说是他写的,但恐怕也不是,《招魂》还是屈原作品的可能性较大。所以真正宋玉所写的大概只有《九辩》一篇。使宋玉成为"家喻户晓"的人物的还是他另外一个奇怪的名气,那就是"貌美"。成语里形容美男子,常常说:"面如宋玉,貌似潘安。"其实这真是"一场误会"。大概是因为假托宋玉所写的

楚辞：泽畔的悲歌

《高唐赋》《神女赋》《登徒子好色赋》常提到宋玉多美，多少女子爱上他的关系。其实在文章里这只是比喻，但日子久了，以讹传讹，宋玉竟成了美男子的代名词。

至于"九辩"这个篇名，究竟是什么意思呢？有人解释说，辩者，遍也。古代一首歌叫一遍，九辩是九段歌的意思。这个说法，大致是可以讲得通。事实上，就有人想把宋玉这篇《九辩》分成九个单元，以符合"九"这个数目。但我们知道（根据《离骚》和《天问》），《九辩》是古代的乐曲名，宋玉可能袭用这个名称来写文章，未必刚好写九段。何况，从"九歌"那个名称我们已经知道，"九"只表示数目多，未必恰好就是确确实实的"九"。

我们只选录了《九辩》的前两段，因为《九辩》后半段抄袭了许多《离骚》《九章》的句子，不算很精彩，没有必要全选，而且本书的篇幅有限，其余的部分只好割爱。

悲哉，秋之为气也，（可悲啊，那秋天的气息，）

萧瑟兮草木摇落而变衰。（萧萧瑟瑟啊草枯叶落一片凋零。）

　　草木摇落：草枯、树叶凋落。

　　衰：衰败，指草木枯槁。

憭栗兮若在远行，（凄凄怆怆啊像那远行的他乡客，）

　　憭栗（liáo lì）：凄怆。

　　远行：远在他乡作客。

登山临水兮送将归。（登山临水啊送他人回归家乡。）

　　将归：要回家乡的人。

　　以上两句是说，就像远客送他人回家乡一样的凄怆。

下篇 泽畔的悲歌

沈寥兮天高而气清,(空空荡荡啊天高而气清,)

  沈寥(xuè liáo):旷荡空虚的样子,形容秋天的空旷而凄寂。

寂寥兮收潦而水清。(悄悄静静啊江河清寂而无声。)

  收潦(lǎo):潦,雨水。收潦,是指秋天江河沟渠都归于清静,不像夏天那样水势奔腾。

憯凄增欷兮薄寒之中人,(惨惨凄凄感叹唏嘘啊那寒气伤人,)

  憯凄(cǎn qī):悲痛的样子。

  增欷:欷,唏嘘叹息。增欷,一再地叹息。

  薄寒中(zhòng)人:薄寒,形容秋天的微冷。中人,寒气伤人。

怆怳懭悢兮去故而就新。(怅怅惘惘恍恍惚惚啊离开故居来到这新地方,)

  怆怳懭悢(chuàng huǎng kuǎng liàng):失意的样子。

  去故就新:离开故乡到新地方。

坎廪兮贫士失职而志不平,(穷困坎坷啊贫士失职内心愤慨不平。)

  坎廪(kǎn lǐn):困穷不得志的样子。

  失职:没有得到好官职。

  志不平:心不平。

廓落兮羁旅而无友生,(落寞孤独啊羁旅外乡没有友人,)

  廓落:孤独落寞的样子。

  羁旅:在外做客。

· 227 ·

惆怅兮而私自怜。（惆惆怅怅啊自哀自怜。）

  私自怜：是说自哀自怜。

燕翩翩其辞归兮，（那燕翩翩的飞回家乡了啊，）

  翩翩：飞翔的样子。

  燕辞归：指秋天到了，燕子飞回南方。

蝉寂漠而无声。（蝉沉寂下来不再发出鸣叫声。）

  蝉寂漠：是说蝉不再叫了。

雁廱廱而南游兮，（那雁声嗈嗈飞到南方去了啊，）

  廱廱（yōng）：雁鸣声。

  南游：秋天时雁会飞到较温暖的南方。

鹍鸡啁哳而悲鸣。（鹍鸡细细切切不停地悲鸣。）

  啁哳（zhāo zhā）：鸣声细，但不停地叫。

独申旦而不寐兮，（孤独的一个人辗转反侧一直到天亮啊，）

  申旦：一直到天亮，即达旦之意。

  不寐：睡不着，失眠。

哀蟋蟀之宵征。（那窸窸窣窣的蟋蟀鸣叫不已令人哀伤。）

  宵征：夜行，是说蟋蟀在夜晚行动。

时亹亹而过中兮，（时光寸寸地过去，年纪已老大了啊，）

  亹亹（wěi）：行进的样子。

  过中：过半，形容日渐衰老。

蹇淹留而无成。（长久漂流异地却一事无成。）

蹇（jiǎn）：发语词，无义。

淹留：久留。

无成：一事无成，没有成就。

以上《九辩》第一段。

悲忧穷戚兮独处廓，（悲伤穷困哀戚啊一人独处孤寂落寞，）

独处廓（kuò）：廓，空廓。独处廓，一人独处于空廓之地，即孤独之意。

有美一人兮心不绎。（那品德美好的人啊思绪愁愁郁郁。）

有美一人：有一美人之意，指作者自己。

心不绎（yì）：绎，解。心不绎，是说心郁结不解。

去乡离家兮来远客，（去乡离家啊来到远地作客，）

超逍遥兮今焉薄？（漂漂浮浮啊要到哪里去？）

超逍遥：超，远。超逍遥，是说浮游到远方。

焉薄：焉，何。薄，止。焉薄，到何处去。

专思君兮不可化，（一直想着你啊此心不变，）

专：一心一意。

君：指君王。

不可化：化，变。不可化，即心不变之意。

君不知兮可奈何？（你不知道啊又能奈何？）

蓄怨兮积思，（满怀怨恨啊满腔愁思，）

蓄怨：心里有恨之意。

积思：是说，思绪多，郁结不解。

楚辞：泽畔的悲歌

心烦憺兮忘食事。（满心烦闷啊忘了吃饭。）

   烦憺（dàn）：烦忧之意。

   忘食事：忘了吃饭。

愿一见兮道余意，（希望能见到你啊表达心意，）

君之心兮与余异。（你的心啊与我心截然大异。）

车既驾兮揭而归，（驾好了车啊出发又回来，）

   既驾：是说车子已套好了马，准备好了。

   揭（qiè）而归：揭，去。揭而归，是说出发了又回来。这里是形容想念之极，不觉驾车出发。实际上作者所想念的人在远方，根本无法见面的。

不得见兮心伤悲。（不能见到啊内心伤悲。）

倚结軨兮长太息，（倚在车轮上啊长声叹息，）

   结軨（líng）：軨，车厢间横木，因其为木条纵横交结而成，所以说"结軨"。

涕潺湲兮下沾轼。（眼泪清清啊沾湿了横木。）

   潺湲：形容流涕的样子。

   沾轼：轼，车前横木。沾轼，沾湿了轼。

慷慨绝兮不得，（心中愤懑啊无法平静下来，）

   慷慨绝：绝，极。慷慨绝，是说心极愤慨。

   不得：不得于心，无法接受现实而平静下来。

中瞀乱兮迷惑。（一片的昏昏沉沉啊一片的迷乱。）

瞀（mào）：昏。

迷惑：迷乱之意。

私自怜兮何极？（自哀自怜啊何有穷了时，）

何极：极，尽。何极，哪有穷尽，即无尽之意。

心怦怦兮谅直。（我心忠直啊我心诚信又正直。）

怦怦：忠直不邪曲的样子。

谅直：谅，诚信。直，正直。

【解析】

我们常说"伤春悲秋"，"悲秋"这个名词大概是从《九辩》来的，至少也是《九辩》这篇文章塑造了大家心目中所想的"悲秋"的形象。从《九辩》的第一段里，我们已经可以了解到形成这个现象的原因。从"悲哉秋之为气也"以下，这一段非常生动地把失意人所体会到的整个秋天的气息传达了出来。世上失意的人多的是，谁读到这一段能不动心呢？《九辩》之所以会出名，恐怕主要也是有这一段的缘故。

这一段所以那么好，最重要的因素是那一大串的联绵词和重叠字。计有：萧瑟、憭栗、泬寥、寂寥、憯凄增欷、怆怳懭悢、坎廪、廓落、惆怅、翩翩、寂漠、雁雁、啁哳、亹亹等等。重叠字的好处大家都知道，不必多说。至于联绵词，有些我们仍然可以体会到其中的好处，"怆怳懭悢"四个字的韵母都相同，这叫叠韵。声母相同叫双声，如"惆怅"。其他词，声音的关系较远，但或多或少都有关联，只是说明起来比较复杂罢了。我们

楚辞：泽畔的悲歌

要知道，语音是会变的，现代的音未必和古代一样。古代声母或韵母有关系的，现在可能变得没关系，或关系较远了。这些联绵词，现在读起来都觉得有韵味，古代更不用说了。由此可以想见，当年（两千多年前）作者如何费尽心思用文字的声音来表达了那一份"秋之为气"的气氛了。

这一段的第二个特点是，句法参差不齐，极富变化，我们读过《离骚》《九章》那种差不多全篇一式一样的句子，再来和这一段比较，自能了解这一段为什么读起来那么生动。除了以上两点，本段用字遣词的高妙是大家有目共睹的。譬如头两句："悲哉秋之为气也，萧瑟兮草木摇落而变衰。"在这篇文章写下两千多年以后，我们仍然毫无困难地一读之下就觉得好。这真可以说是"千古如新"了。

至于《九辩》第二段，虽然不及第一段精彩，但也写得很好。写一个人对另一个人的思念，真是尤为动人。当然，作者的真正用意是在表达自己不被君王看上的悲哀，但现在读起来，简直就像情人的诉怨一样。事实上，这已经相当接近后代诗人所常写的闺怨诗与弃妇诗了。

综论：《楚辞》这本书

一、楚辞的形成

"楚辞"这个名词可以作三层解释。首先，这是一本书的书名；其次，这本书所包含的作品都属于同一种文学体裁，而这种体裁就叫"楚辞"；最后，这种文学体裁是从楚国发展出来的，所以才叫作"楚辞"。以下我们按着相反的顺序来说明以上所提的三点。

"楚辞"是从楚国发展出来的——楚国是战国时期的七雄之一，地处南方。因为地理环境的关系，在文化上，一向和北方各诸侯国大有不同。楚国有它自己独特的祭典，在祭典中使用了极其特殊的仪式。这仪式中包含了一连串的祭歌。这祭歌，原来可能是主持祭祀的巫者在长期的累积下慢慢编成的，至少我们可以说，这是楚国人共有的文化成品。后来，有些比较富有文学天才的楚国人（可能大部分是贵族），觉得这些民间祭歌很有意思，于是先是加以修改，写成更有文学气息的文字，然后，就用这些祭歌的形式和表现方法来表达自己的感情。这种风气慢慢流传开了，然后，你也写，我也写，就这样形成了"楚辞"这种文学体裁。

从民间祭歌到文人手中的楚辞，这中间到底经过多少时间，又有多少文人贡献了他们的心血呢？这我们已无法知道。不过，

楚辞：泽畔的悲歌

我们知道，在战国的最末期（大约半世纪长的时间），楚国产生了一批在政治上不得意的"文士"，这些文士就用这种正在成长的文学形式来表达他们的愤慨与不平。甚至很可能，把楚辞从民间祭歌发展成特殊的文学体裁，其实就是他们所做的工作。不管怎么说，在楚辞形成的过程中，他们贡献了最大的心力，这是毫无疑问的。他们之中，最有名的人物，也可能是时代最早的一个，就是屈原。很可能，在所有当时不得意的文士中，他的遭遇最惨（最后投水自尽），而在完成楚辞这种体裁的过程中，他的贡献与成就也最大。因此，他就成为这些伟人中最著名的人物。除了他，这些伟人中较著名的还有宋玉、景差、唐勒等，都是屈原的后辈，时代要稍晚一些。

"楚辞"正式成为一种文学体裁——在战国末期屈原、宋玉的时代。楚辞虽然在楚国慢慢流行起来，但也只限于楚国一地。而且，当时恐怕还没有"楚辞"这个名称。也就是说，这种东西是慢慢成长起来了，那时人们还没有替它取下一个正式的"名字"。这个正式的名字，是在西汉初年形成的。西汉初年，也有一批具有文学天赋的人，在政治上没有出路，于是，也就像屈原一样，不得不成为一个无所事事的"文人"，也由于他们因遭遇相同，不免大为同情屈原。他们读屈原的作品，模仿屈原的作品，宣传屈原的作品。于是，屈原和楚辞这两个名字就大大地流传开来。据说，当时诵读楚辞还是一种专门的"技术"，成为一种专门的学问，皇帝有时还要特别征召这方面的专家呢。从这里，我们当然可以体会到，"楚辞"已完完全全地成了一种特殊的文学体裁在全国流行开来。

《楚辞》这本书的编成——从西汉文帝、景帝时期，楚辞渐渐地"成名"。到了武帝时，皇帝也开始对它感兴趣。到了西汉

综论：《楚辞》这本书

中叶，有一个大学者叫刘向的，他奉命整理朝廷的图书。于是他把传说中属于屈原、宋玉等人的作品以及西汉文人的模仿之作（包括他自己的），编成一本书，冠上"楚辞"的名字，这就是《楚辞》这本书了。但是，刘向所编集的这本书的原始面貌我们已经看不到了。我们现在所能看到的最早的《楚辞》，是东汉中叶一个叫王逸的学者所编的注解本。这本书叫《楚辞章句》，意思是逐章逐句地解释楚辞。除了加入一篇王逸自己的作品以外，这本书所收的篇章可能大致和刘向的本子一样，只是次序有点调整罢了。

王逸的《楚辞章句》是我们所能看到的最早的楚辞，所以我们把篇目按原顺序详列于下：

离骚经第一	屈原
九歌第二	屈原
天问第三	屈原
九章第四	屈原
远游第五	屈原
卜居第六	屈原
渔父第七	屈原
九辩第八	宋玉
招魂第九	宋玉
大招第十	屈原，或言景差
惜誓第十一	不知作者，或言贾谊
招隐士第十二	淮南小山
七谏第十三	东方朔

· 235 ·

哀时命第十四	严忌
九怀第十五	王褒
九叹第十六	刘向
九思第十七	王逸

从以上的目录我们可以看得出来，从《离骚》至《大招》是《楚辞》原有的作品，而从《惜誓》以下，则完全是汉朝人的模仿之作。但我们必须知道，认为《离骚》至《大招》完全是战国时期楚国人作的，又明确地指出每一篇的作者，这只是王逸及汉朝人的看法，未必正确。关于这一点，我们下面还会谈到。还有，我们还要注意，未必汉朝人对每一篇的作者都有一致的看法。譬如《招魂》，王逸认为是宋玉作的，西汉的司马迁在《史记》里却说是屈原的作品。不过，我们可以推测，除了少数例外（如《招魂》《大招》《惜誓》），汉朝人对每一篇作者的看法大概是不会相差太远的。

二、历代学者对《楚辞》的注解与研究

根据古书的记载，在王逸以前，已经有不少汉朝人注解过《楚辞》里的某些篇章（如《离骚》《天问》），但现在我们都看不到了。不过，我们可以说，王逸的《楚辞章句》是对汉朝人注解的一次总整理，而不只是王逸个人的见解。所以，虽然我们现在只能看到王逸的书，我们仍然可以大致了解汉朝人对《楚辞》的看法。

王逸章句的最大贡献是，对于《楚辞》逐章逐句的注释。《楚辞》的文字是相当古奥难解的。汉朝人距离屈原的时代还不算

综论：《楚辞》这本书

太久远，有很多特殊的字句他们还知道怎么解释。假如没有王逸把这些解释加以汇集，把它们保存下来，那么，恐怕《楚辞》就要比现在更难读。

至于王逸章句的缺陷，恐怕也就是大部分汉朝人讲《楚辞》的缺陷。首先，他们太相信其中绝大部分作品都是屈原作的。其次，既然他们相信一些明显和屈原的事迹没有任何关系的篇章是屈原所写的，他们当然要牵强附会地解释其中的字句，以便和屈原的生平牵扯上关系。譬如，《九歌》中的人神恋爱实际上只是楚国宗群祭典的特色，他们却会把它讲成是屈原在比喻他跟楚王之间的事情。还有，《九辩》只是宋玉在为自己的不得志发牢骚，王逸却要说，这是宋玉在为屈原抱不平。

王逸以后，注解楚辞的书非常多，我们只把其中最著名的几本列在下面：

（1）《楚辞补注》　　　（宋）洪兴祖
（2）《楚辞集注》　　　（宋）朱熹
（3）《楚辞通释》　　　（清）王夫之
（4）《楚辞灯》　　　　（清）林云铭
（5）《山带阁注楚辞》　（清）蒋骥
（6）《楚辞赋注》　　　（清）戴震
（7）《屈辞精义》　　　（清）陈本礼

这些书除了洪兴祖的补注，都有一个共同的特色，那就是他们重视一般所认为的屈原、宋玉、景差的作品，汉朝人的模仿之作，他们大多删掉，甚至有的只选传统上认为屈原所作的来注释，连宋玉、景差的也删掉。这样做并没有错，实际上汉朝人模仿的作品极少是好的。

以上这些书，以及其他没有列进来的，每一本都各有其长处，多少都能增进我们对《楚辞》的了解。在字句的解释和屈原生平的考订上，他们都有许多贡献。不过，因为古人比较尊重传统，凡是汉朝人的见解，他们轻易不肯改变。因此，关于某些篇章的性质及其作者问题，他们即使有所怀疑，常常也只是把王逸的说法加以修改而已。譬如朱熹，他已经看出来，《九歌》的性质有点特殊，也未必是屈原的作品。但他还是要说，这是屈原根据民歌修改而成，不肯说出《九歌》非屈原作的话。又譬如，朱熹也觉得《九章》中的某些篇章有些奇怪，但不会怀疑这些不是屈原的作品。

民国以后，学者们的态度就不一样了。一方面，他们敢怀疑，很多古人不敢讲的话他们都敢讲，很多古人吞吞吐吐地讲的，他们敢明明白白地讲。所以，除了《离骚》，他们对其他所谓屈原的作品，都要加以怀疑，甚至，连有没有屈原这个人他们都要打问号，其他问题也就可想而知了。另一方面，他们有现代人类学、民俗学、考古学等知识，因此，对某些问题会有比较清楚的认识。譬如，他们敢肯定《九歌》纯粹是祭神歌，和屈原没有什么关系（古人大半不敢这样肯定地讲），他们会说《九歌》里的男女关系是人神恋爱，而不是比喻君臣关系。因此，在《楚辞》的研究上，他们有许多的突破，这是前人所无法想象的。

最后，我们可以把历代对《楚辞》的研究大略地分成四大类，以此来把历代学者的成果做个简单的说明。首先，是字句的解释。关于这一点，可以说大家都在替王逸作拾遗补阙的功夫。王逸没有解释，或解释得不清楚，或解释得不好的，大家加以补充、修正。在这方面，历代的学者都有贡献。一直到现在，学者们还在继续努力，以便使《楚辞》的注释工作更臻完美。

其次，是屈原生平的考订。在这方面，清朝人下的功夫似乎最大。譬如蒋骥，他根据《九章》来推断屈原流放江南的路程。民国以后的学者，又根据清人的成果进一步地加以研究。这方面的工作，需要把屈原的作品配合历史数据来分析。但问题是，有关屈原的史料实在太少，而最常被拿来考订屈原生平的《九章》又有可能不是屈原作的。这方面的工作实在太困难，而其所依据的基础又不十分稳固。因此有关这方面的论断，我们似要持比较保留的态度。

其次，是《楚辞》各篇的作者问题。在这方面，民国以前的学者讨论不多，最常提到的是《招魂》（屈原或宋玉）和《大招》（屈原或景差）的问题。至于怀疑《九歌》《天问》《九章》《远游》《卜居》《渔父》，不是屈原所作，他们有的甚至想都没想过，有的虽然想到了，态度也非常谨慎。我们已经知道，关于这一方面，民国以后的学者几乎无所不疑。要下结论当然还早，不过我们可以说，《离骚》和《九章》的某些部分（如《哀郢》《涉江》《怀沙》）最可靠，《远游》《卜居》《渔父》《大招》最不可靠，至于《九歌》《天问》《招魂》，则恐怕至少有一半的人都不会相信是屈原的作品。

最后，是各篇章性质的解释。这其实只是《九歌》《天问》《招魂》《大招》四篇的问题。这四篇都跟楚国的宗群、民俗或神话、传说有关系。重要的是，如何把楚国的宗群、民俗、神话、传说弄清楚，再配合上现代民俗学、人类学、考古学等的知识，让我们对这四篇的内容有个更透彻的认识。我们还可以说，这种研究，除了能够明白这四篇的性质，还可以解释《离骚》的一些特殊问题，如"香草美人"等。这方面的工作古人做得极少，民国以后的学者才开始注意。到现在为止，这个工作还需要更进一步加以拓展。

三、《楚辞》对中国文学的影响

说到《楚辞》对中国文学的影响,那真的可以套用两句成语来形容,即"无远弗届""无孔不入"。这两句成语用在这里虽然不很恰当,却足以看出《楚辞》对中国文学影响之深远。这里,我们当然无法细说,只能举出一些最重要的方面,做个简单的说明。

首先,从整体精神来看,我们常听人说,《楚辞》和《诗经》是中国诗歌的两大源泉,这种话一点也不夸张。我们可以说,在汉朝以前,除了一些极零星、极片段的作品,中国的诗歌就全包含在《诗经》和《楚辞》这两部书中。这两部书是中国诗歌的"始祖",所有后代的诗人,无不从这里"生长"出来。这样说,我们就足以了解《楚辞》在中国文学史上的意义及其深远的影响。

如果再说得具体点,那么《楚辞》至少为中国诗歌注入了两种精神(这正是《诗经》比较缺乏的),即个人主义和浪漫主义精神。这两个名词用在这里也不是很恰当,而且会引起误会,所以我们必须进一步的说明。首先,《楚辞》在中国诗歌里开创了一种主题,即有才华的个人在社会人群里遭逢各种失败以后的不平和牢骚。这是一种特殊的个人的失败,而不是像恋爱的失败(这是一般人都会有的),或者社会的大动乱(这是生逢乱世的人谁也无法避免的)那样,比较具有普遍性。《楚辞》的精神是一种失意的精神,是一种失意之后以自己的心志自我肯定的精神,是一种"举世皆浊我独清,众人皆醉我独醒"的精神。它所表现的是有志气、有才华的人遭受挫败而不甘、而不平的精神。

综论：《楚辞》这本书

这是一种中国式的个人主义，而这是《楚辞》所开创，为历代无数文人所继承的精神。

其次，说到浪漫主义。我们可以说，中国文学一般是比较平实，比较富有人世的气息。中国文学比较缺乏那种超然的想象力，没有那种神话世界的召唤，没有那种鲜明的色泽，没有那种诡谲奇异的调子。如果有的话，那么这种精神最主要的源泉之一就是《楚辞》。从这个方面来看，《楚辞》可以说具有某种浪漫主义的倾向。

以上是从整体精神的角度来看《楚辞》的影响。现在，我们可以换个角度，从文学形式这方面来看，那么，我们可以说，《楚辞》至少对中国两种文学体裁的形成有过极大的贡献，即赋和七言诗。我们已经说过，《楚辞》所以会从楚国一地流传到全国，主要是得力于西汉初期一批文人的努力。而这批文人，其实也就是开创"汉赋"这种体裁的人。他们一方面亦步亦趋地模仿屈原的作品，一方面又把楚辞融合其他要素，创造了"赋"这种形式。

其次说到七言诗。要了解楚辞对七言诗之形成的影响，我们只要看下面两段就可以了。

操吴戈兮被犀甲，
车错毂兮短兵接。
旌蔽日兮敌若云，
矢交坠兮士争先。

这是《九歌·国殇》的四句。假如我们把每一句里的助词"兮"换上一个实字，不就成了七言诗了吗？再看下面一段：

后皇嘉树，橘徕服兮。

楚辞：泽畔的悲歌

受命不迁，生南国兮。

这是《九章·橘颂》中的句子。假如我们把每一句的"兮"字去掉，而读成这个样子：

后皇嘉树橘来服，
受命不迁生南国。

不就更像七言诗了吗？当然，七言诗的形成还受其他因素的影响，不过《楚辞》的贡献却是无法否认的。

最后，我们还可以从文学技巧这方面来看《楚辞》对后世文学的影响。关于这一点，可说的太多了，我们只举最重要的一个例子来说明。我们已经知道，《九歌》里有许多人神恋爱的描写。我们也知道，屈原写《离骚》时，受了《九歌》的影响，又把君臣关系也用男女关系来加以比喻。后代诗人常常袭用屈原这种技巧，表面上他好像在写爱情，其实里面是寄托了一些个人的政治遭遇。这样一种"托喻"的写法，后来还影响了一般人对于诗的解释。常常有一首情诗，有人说这只是情诗，有人却要说这是政治诗，诗中的男女关系只不过是比喻而已。这种现象的好坏姑且不论，但其发源于《楚辞》是非常明显的。（这种现象也受其他因素的影响，在这里我们也不必细说。）

常常，你把中国诗读得越多、读得越熟，就会在意想不到的地方发现《楚辞》的影子。这就证实了本节开头的一句话：《楚辞》对中国文学的影响真的是"无远弗届""无孔不入"。